主 编

杨子耘：丰子恺先生的外孙，《丰子恺全集》编委。退休于上海译文出版社。

马永飞：桐乡市丰子恺纪念馆馆长，桐乡市丰子恺研究会秘书长。多年来全
　　　　力专注于丰子恺艺术的研究和弘扬。

宋雪君：丰子恺先生的外孙，童年与青年时代一直生活在外公身边，深受其
　　　　影响。长期从事丰子恺艺术研究与宣传。

星河里星河转

丰子恺 和他的朋友们

丰一吟 / 影像授权

杨子耘 马永飞 宋雪君 / 主编

上海文化出版社

　　世人认识丰子恺，多半始自他的漫画、他的文。丰子恺是一位才华横溢的画家，是一位有着一颗诗人之心的散文家，是百年来独一无二的"儿童崇拜者"……

　　低调而耀眼的丰子恺是个不善交际的人，就像他的好朋友、作家郑振铎所说的那样："态度很谦恭，却不会说什么客套话，常常讷讷的，言若不能出诸口。我问他一句，他才质朴地答一句。"丰子恺的另一位好朋友——作家、语言学家方光焘也有类似的描述："悲哀愤怒时，你不过皱一皱眉头；快乐欢愉时，也不过开一开唇齿。你终于是'说不出''不说出'的罢！"

　　丰子恺自己曾在散文《家》中写道："无论何人，交际应酬中的脸孔多少总有些不自然，其表情筋肉多少总有些儿吃力。最自然，最舒服的，只有板着脸孔独居的时候。"这多少也印证了他朋友的说法。

　　假如说，丰子恺是一个"讷于言"的宅男，那他的朋友圈未免也太过耀眼了：弘一法师、马一浮、鲁迅、叶圣陶、俞平伯、夏丏尊、郑振铎、朱自清、巴金、匡互生、梅兰芳、苏步青、张乐平……这就好像仰看夏夜的天空，群星璀璨。当然，他的朋友中，还有同好、教员、学生，以及很多普通的平民百姓。

　　在《儿女》一文中，丰子恺咏出了他"儿童崇拜者"的名句："我的心为四事所占据：天上的神明与星辰，人间的艺术与儿童。"也是在这篇散文中他又说："我以为世间人与人的关系，最自然最合理的莫如朋友。君臣、父子、昆弟、夫妇之情，在十分自然合理的时候都不外乎是一种广义的友谊。所以朋友之情，实在是一切人情的基础。"

丰子恺对儿童世界的感知和想象，在成人世界的浮躁环境中极为罕见，童心的真纯绝假和友情的淳厚仁爱，于丰子恺其实是文心一脉，是他对理想岁月和自我内心的品质坚守。

丰子恺爱孩子，画孩子，写孩子，在家里永远是对孩子们欣赏疼爱的父亲、祖父。在外他是德高望重却谦虚平和的老师、艺术家……他"崇仰弘一法师，为了他是'十分像人的一个人'"，一生践行弘一法师"士先器识而后文艺"的教诲；他"平生自动访问素不相识的有名的人，以访梅兰芳为第一次"；他喜欢饮酒吟诗，与朋友叶圣陶、贺昌群"谈艺术，谈人生，意兴飙举，语各如泉，酒亦屡增"；即便与少年时代的朋友久未见面，他仍然保持着那份热忱，"虽然大家形骸老了些，心情冷了些。态度板了些，说话空了些，然而心的底里的一点灵火大家还保存着……"即使在艰危冲突中，他无慷慨之词，无徘徊之态，无苦撑之姿，自有一种慈悲与厚道于其间，足以滋养人心，消灭戾气。于师长，于朋友，于合作者，于家人，他自始至终地率真、儒雅、悲悯与仁爱。

文如其人。丰子恺的画与文，"如同一片片落英，含蓄着人间的情味"（俞平伯语），也许正因为此"人间情味"，他的身边总是聚集了一大群朋友。在人才辈出的民国时代，丰子恺以其天才的多面性、丰富感以及他谦虚、慈悲、旷达的精神内核，在群星闪耀的时代发光、发亮。他低调而耀眼的光亮中，似总有一种洞彻内心的凝望，从来不曾因时间的流逝而散去。

丰子恺先生在上海寓所"日月楼"。"星河界里星河转，日月楼中日月长"的对联，下联为丰子恺随口吟出，国学大师、书法家马一浮先生对以上联并书写。

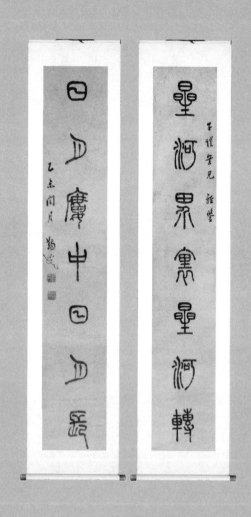

由国学大师、书法家马一浮书写的篆书对联：
"星河界里星河转，日月楼中日月长"。

清晨闻叩门，倒裳往自开。
问子为谁与？田父有好怀。
——东晋·陶渊明《饮酒》

暮天新雁起汀洲，红蓼花开水国愁。
想得故园今夜月，几人相忆在江楼。
　　　　　　　——唐·杜荀鹤《题新雁》

目
录

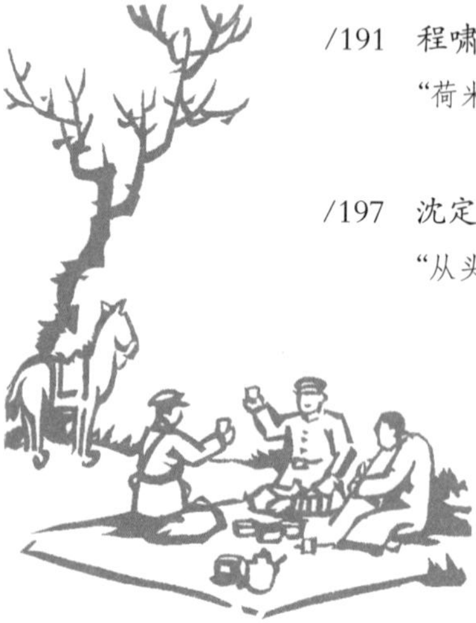

星河影裏星河轉

福建泉州承天寺内的弘一法师塑像。承天
寺是弘一法师在闽南期间最主要的住锡弘法之
地，也是他僧籍落户之地。弘一法师是对丰子
恺一生影响至深的人。

李叔同

做十分像"人"的人

对丰子恺的一生影响最大者，当属李叔同先生。1914 年，十七岁的丰子恺考入浙江省立第一师范学校。就是在这所学校，丰子恺遇到了李叔同先生。

丰子恺从李叔同这位老师那里学到了很多很多，首先就是绘画。李先生曾到日本留学，回国后，他在上海《太平洋报》当编辑，又在南京高等师范学校和杭州浙江两级师范学校两地当教师。这时候的李先生，穿着灰色粗布袍子、黑布马褂、布底鞋子，俨然一位修养很深的美术家。身为教师，李先生的人格和学问，统制了学生的感情，折服了大家的心。他不骂人，不责备人，态度谦恭，而学生们都真心怕他，真心向他学习，真心崇拜他。

丰子恺在师范学校时学习成绩优秀，一二年级时不少科目考试都是第一名；三年级以后忽然降到第二十名，因为他专心于李先生所喜欢的文学、艺术和音乐，而旷废了许多师范学生的功课。丰子恺清晰地记得一件事。

李叔同（一八八○—一九四二），精通绘画、音乐、戏剧、书法、篆刻、诗词，是中国话剧的开拓者之一，西方乐理传入中国的第一人。后剃度为僧，法号弘一，被尊称为弘一法师，也是中国近现代佛教史上杰出的高僧之一。李叔同是丰子恺在浙江省立第一师范学校求学时的音乐、图画老师，出家后收丰子恺为弟子，对丰子恺影响深广。

有一晚，当时任级长的丰子恺为公事到李叔同先生房间里去汇报。报告完毕将退出时，李先生喊住他，用很轻却严肃的声音对他说："你的图画进步快。我在南京和杭州两处教课，没有见过像你这样进步快速的人。你以后可以……"当晚这几句话，便决定了丰子恺的一生。他说："可惜我不记得年月日时，又不相信算命。如果记得，而又迷信算命先生的话，算起命来，这一晚一定是我一生中一个重要关口。因为从这晚起，我打定主意，专门学画，把一生奉献给艺术，直到现在没有变志。"

丰子恺从李叔同那里学到的另一项就是"认真"。丰子恺曾说，上李先生的音乐课时，每当大家走进音乐教室，便会感到惊奇：原来李先生早已端坐在讲台上。有的人以为先生还没有到，嘴里随便唱着、喊着、笑着、骂着走进教室，更是吃惊不小。唱声、喊声、笑声、骂声以门槛为界限而忽然消失。接着就是低着头，红着脸，一声不响去端坐到自己的位子里。李先生的相貌，可以用"温而厉"三个字来描写。讲桌上放着点名簿、讲义，以及他的教课笔记簿、粉笔。钢琴罩解开着，琴盖开着，乐谱摆着，琴头上又放着一只计时表，闪闪的金光直射到大家的眼中。两块黑板上早已清楚地写好课内所有应学的内容。李先生站起身来，向大家深深一鞠躬，课就这样开始了。李先生用这样的态度来教音乐，因此上音乐课时，大家都比上其他课更认真更严肃；同时大家对音乐教师李叔同先生，也比对其他教师更敬仰。

李叔同出家以后，更是用他的"认真"感化与他交往的每一个人。有一次丰子恺寄一卷宣纸去，请弘一法师写佛号。宣纸很多，所须书写的佛号不是很多。他就要来信问，多余的宣纸如何处置。丰子恺原本是多备一点，由法师随意处置的，但没有具体说明，这些纸的"所有权"就有

弘一法师在俗时留影

弟子丰子恺拜题

1916 年，李叔同摄于浙江省立
第一师范学校。丰子恺题字。

些模糊，而弘一法师非问明不可。丰子恺连忙写回信去说，多余的纸，赠与法师，请随意处置。又有一次，丰子恺寄了回件邮票去，多了几分。法师就把多余的几分邮票寄还。诸如此类，一般人都比较马虎的细小地方，弘一法师都要十二分认真对待。

弘一法师一生从事过多种职业，可谓花样繁多。丰子恺在浙江第一师范的另一位老师夏丏尊曾这样评价李叔同："做一样，像一样。"丰子恺在《李叔同先生的教育精神》一文中也说："李先生的确做一样像一样：少年时做公子，像个翩翩公子。中年时做名士，像个风流名士；做话剧，像个演员；学油画，像个美术家；学钢琴，像个音乐家；办报刊，像个编者；当教员，像个老师；做和尚，像个高僧。李先生何以能够做一样像一样呢？就是因为他做一切事都'认真地，严肃地，献身地'做的原故。"

弘一法师给丰子恺树立了一个极好的榜样，每做一种人，每从事一种职业，都是认认真真地去做，都是做到极致。所以，作为学生的丰子恺，也有不少相似之处：做学生是个优秀学生，做老师是个好老师，做作家能写好随笔，做画家是个名画家，做书法家写得一手好字，做译者也是一个优秀的翻译家……

其实，丰子恺不单单是向李先生学习艺术，学习认真，更主要的是向这位大师学习做人，这可以说是丰子恺从李叔同先生那里继承的最大遗产。丰子恺在《〈弘一大师全集〉序》中说："我崇仰弘一法师，为了他是'十分像人的一个人'。凡做人，在当初，其本心未始不想做一个十分像'人'的人，但到后来，为环境，习惯，物欲，妄念等所阻碍，往往不能做得十分像'人'。其中九分像'人'，八分像'人'的，在这世间已很伟大；七分像'人'，六分像'人'的，也已值得赞誉，就是五分像'人'的，在最近的社会里也已经是难得的'上流人'了。像弘一法师那样十分像'人'的人，古往今来，实在少有。所以使我十分崇仰。"

[马永飞]

惜衣惜食非惜财

在丰子恺的恩师李叔同先生天津的老家，有一副大对联高高地挂在大厅的抱柱上，是李叔同的父亲所录清朝刘文定公的句子：

惜衣惜食非为惜财缘惜福

求名求利但须求己莫求人

李叔同先生小时候，他的哥哥经常教他念这副对联的句子，念熟了以后，凡在穿衣或者饮食上自然会十分注意，即使是一粒米饭，都不敢随意糟蹋掉的。李叔同五岁时丧父，他的母亲也是这样教育他的。有一次，七岁的李叔同练习写字，拿出整张的宣纸书写，写坏了又换上新的宣纸。他母亲看到了，正颜厉色地对他说："孩子，你要知道呀，你父亲在世时，莫说这样大的整张纸不肯糟蹋，就连寸把长的纸条，也不肯随便丢掉哩！"

惜衣惜食的家庭教育，深深地印在李叔同的脑中，以后年纪渐长，他也没有一时一刻的疏忽。出家以后，更是一直保持着惜衣惜食的习惯。夏丏尊先生在《生活的艺术》一文里写道：法师的"行李很是简单，铺盖竟是用破席子包的。到了白马湖，在春社里替他打扫了房间，他就自己

1942 年 10 月 13 日，弘一法师圆寂于福建泉州不二祠温陵养老院晚晴室。1948 年 12 月，丰子恺在泉州凭吊弘一法师圆寂之地，在法师生西床上。

打开铺盖，先把那破席子珍重地铺在床上，摊开了被，把衣服卷了几件作枕。再拿出黑而且破得不堪的毛巾走到湖边洗面去。'这手巾太破了，替你换一条好吗？'我忍不住了。'哪里！还好用的，和新的也差不多。'他把那破手巾珍重地张开来给我看，表示还不十分破旧"。

吃饭也是这样。夏丏尊写道："碗里所有的原只是些萝卜白菜之类，可是在他却几乎是要变色而作的盛馔，喜悦地把饭划入口里，郑重地用筷子夹起一块萝卜来的那种了不得的神情，我见了几乎要流下欢喜惭愧之泪了！"

1929年10月，弘一法师在浙江上虞白马湖与朋友学生共度五十寿辰。弟子刘质平代为整理卧室，发现法师的蚊帐破洞多达二百余处，有的破洞用布补上，有的用纸糊，刘质平当即要求另买新帐换下，但法师坚决不允，一直到去闽南弘法后，破得不能再补了，这才让刘质平另买一顶纱帐。

弘一大师这种惜衣惜食的习性传给了丰子恺，也成了丰家的一个传统。丰子恺尤其爱惜纸张，他会把丢弃在纸篓的废纸装订成漂亮的小本子给孩子们用，上面写上"备忘录"，还画着一些牵牛花，让儿女自己省悟敬惜字纸的道理。丰子恺自己画画的草稿纸更不直接丢弃，而是裁成小纸片，用铁夹子夹起来，挂在书桌边上，就当作餐巾纸用，孙辈们亲切地称这种纸为"外公纸"。敬惜字纸的美德就这样一代又一代传了下去。

弘一法师和丰子恺家的家训，就像春风雨露润物般细无声。弘一大师家的对联"惜衣惜食非为惜财缘惜福，求名求利但须求己胜求人"，已成为丰家后辈处世为人之道。此外，东汉书法家、文学家崔子玉的一首

《座右铭》，也可以说是丰家的座右铭：

无道人之短，无说己之长。

施人慎勿念，受施慎勿忘。

世誉不足慕，唯仁为纪纲。

隐心而后动，谤议庸何伤？

无使名过实，守愚圣所臧。

在涅贵不缁，暧暧内含光。

柔弱生之徒，老氏诫刚强。

行行鄙夫志，悠悠故难量。

慎言节饮食，知足胜不祥。

行之苟有恒，久久自芬芳。

[杨朝婴]

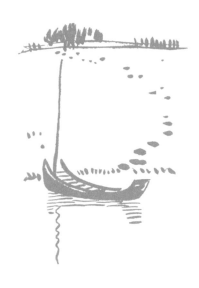

/8/

無道人之短，無說己之長。施人慎勿念，受施慎勿忘。世譽不足慕，唯仁為紀綱。隱心而後動，謗議庸何傷。無使名過實，守愚聖所臧。在涅貴不淄，暧暧內含光。柔弱生之徒，老氏誡剛強。行行鄙夫志，悠悠故難量。慎言節飲食，知足勝不祥。行之苟有恒，久久自芬芳。

崔子玉座右銘送元草入高級中學

壬午新秋書於貴州遵義 子愷

1942年秋在贵州遵义，丰子恺手书崔子玉座右铭送次子丰元草入高级中学。

护生护心师生情

弘一法师与丰子恺的师生情缘，在跨越半个世纪的旷世巨作《护生画集》中，达到了顶点。

弘一大师诞生于1880年。弘公五十岁时，丰子恺画护生画第一集五十幅为他祝寿。弘公六十岁时，丰子恺又按其整寿岁数作六十幅护生画。弘一法师收到第二集护生画后，写信给丰子恺说："朽人七十岁时请仁者作护生画第三集，共七十幅，八十岁时，作第四集，共八十幅，九十岁时，作第五集，共九十幅，百岁时，作第六集，共百幅，护生画功德于此圆满。"丰子恺向老师发愿："世寿所许，定当尊嘱。"

丰子恺在《护生画集》序言中说："护生者，护心也。（初集马一浮先生序言中语，去除残忍心，长养慈悲心，然后拿此心待人处世。）——这是护生的主要目的。"《护生画集》原是非卖品，欢迎翻印的。第一集1929年由开明书店出版后，佛学书局、中国保护动物会、大法轮书局都发行过。1949年丰子恺从香港带回第三集画稿后，交大法轮书局出版。这两集的原稿都由书局的主人苏慧纯保存着，但第一集只有文稿，缺了画稿。第二集也是由开明书店出版，佛学书局和大法轮书局发行过的，但原稿（无论文稿还是画稿）都已遗失。

奇迹还是出现了。

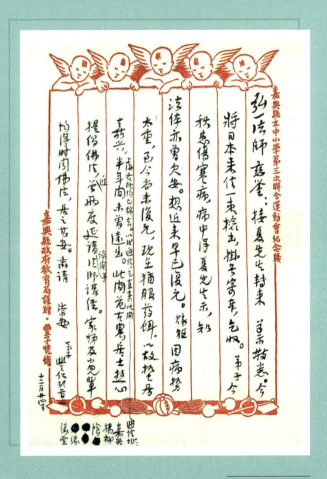

弘一法师 遠鑒：接夏丏尊先生轉來

荊書並参

將日本寄來佛像一束搶出，掛名寄奉，並夏先生示知，

稔惠傷寒病，病中得夏先生來示，知

法体亦曾失安。想近來早已復元。諸祈因病勢

太重，至今尚未復元。現在猶服药餌，心故擬之居

嘉興。上海亦防心傷寒，似微弱故此間

嘉興，半年尚未曾逺生。此間范古農居士發心

提倡佛法，故兩度延請為師講經。家怖及兒輩

恂恂時聞佛法，最之藥安。肅請

崇安

子愷怀音上

十二月十五日

嘉興縣政府教育局謹贈·豐子愷繪

嘉興縣立中小學第三次聯合運動會紀念牋

丰子恺致弘一法师

静看檐蛛结网低，无端妨碍小虫飞。
蜻蜓倒挂蜂儿窘，催唤山童为解围。
——宋·范成大《秋日田园杂兴》

有一位名叫朱南田的先生，业余爱好书画，又擅长诗词。他十分喜爱丰子恺的作品。1960年，丰子恺就任上海中国画院院长的消息在报上公布后，他通过画院转信认识了丰先生。有一回，朱南田告诉丰先生："1949年后，我偶在广东路古玩商店看到李、丰两先生合作的《续护生画集》手迹，出于敬慕，决心购下珍藏。这份手迹书画共六十页。索价一百六十元，后以九十六元成交。我手头拮据，先付二十元订金，而回家筹措未竟，只得卖去家具三人沙发椅一张，才勉成其事。"

朱南田又说："原稿原由嘉兴范古农居士之亲戚保存，后其人死，子侄作废纸卖与旧货摊，幸为彼所得。可见私人保藏之不可靠。此原稿在上海，不知缘何流入嘉兴。"朱南田讲了这件事，丰子恺听后十分兴奋，那时《护生画集》已在新加坡出版第四册（文字部分由朱幼兰先生书写），正愁前三册原稿分散遗失。他便把觅得第二册原稿之事写信告诉广洽法师。

这件事，实在是种种因缘的巧合。试想：如果第二集没有被朱南田先生偶得，如果朱南田没有认识丰先生，《护生画集》的头三集就永远无法团圆了。

《护生画集》第五集原本应该在1969年出版的，丰子恺却提早在1965年（"文革"前一年）上半年就画好，请虞愚先生书写了文字部分，寄交广洽法师，于同年9月出版了。如果晚一年到1966年，丰子恺便忙于应付批斗，怎么可能完成呢！但更稀奇的事还在《护生画集》的第六集。当时丰子恺也许是感觉到"余年无多"，就毅然决然地在1973年（其逝世前两年）筹划、搜集起第六集护生画的素材来。1973年，全国正在忙着"批林批孔"。护生画，完全可能被认定为"封资修"而招来灾难，因此丰子恺的这一决定遭到了全家的反对。

"文化大革命"开始后，丰家日月楼寓所楼下的房子被无理占据，全家人只能挤在楼上，丰子恺提出让他睡在二楼阳台上，就睡一张无法伸直身体的小床。他需要一个小小的清静环境，他决心在这里悄悄完成《护生画集》第六集。

　　但在当时混乱的环境下，相关书籍损失殆尽，画材缺乏。一天，丰子恺与朱幼兰先生谈及筹划护生画第六集的事。朱幼兰是丰子恺的学生，也是一位虔诚的佛教徒。他毅然同意与丰子恺合作完成护生画第六集。回家后，朱幼兰在尘封的旧书中找到了一本爱护动物的故事书《动物鉴》，就给丰先生送了过来。丰子恺立刻动手，认真选材构思，每天清晨天没亮就起身，在昏暗的灯光下伏案作画，这样，既不影响家人，又能够避开造反派的耳目。

　　不久百幅护生画圆满告成。丰子恺将画稿交给朱幼兰，低声说："绘《护生画集》是担着很大风险的，为报师恩，为践前约，也就在所不计了！"朱幼兰感佩丰子恺的为人，时时想到别人的安全，唯独不考虑自己的安全，就毛遂自荐说，我是佛门弟子，为宏法利生，也愿担此风险，乐于题词。于是《护生画集》第六集的书画，在艰难的岁月和政治环境下，提前于1973年完成了。两年后，丰子恺西逝，在安详舍报之前，以护生画六集的夙愿，前后经过近五十年，终于圆满完成这部旷世巨作。

　　新加坡广洽法师于1978年飞到上海，在机场见到丰子恺的女儿丰一吟后，第一句话就问："你父亲的第六集《护生画集》完成了没有？"当得知完成了，他很高兴。大家筹划如何把这一集原稿带出去，广洽法师决定随身带。他说佛会保佑的，弘公在天之灵会保佑的。丰先生和朱先生冒了这么大的风险完成这项大事，一位法师带一套保护生命的书画册，一定会顺利出境！

1978 年 10 月 12 日，广洽法师果然将《护生画集》第六集的原稿安然带到了新加坡。他把第一集到第六集的全部原稿交给香港的时代图书有限公司，《护生画集》全集于 1979 年 10 月顺利出版。

这套《护生画集》从 1929 年出版第一集，到 1979 年出版第六集，整整跨越了半个世纪！在丰子恺的生涯中，这是最伟大的"工程"。从第一集的五十幅，第二集的六十幅……一直到第六集的一百幅，总共四百五十幅护生画，四百五十篇护生文字，由弘一大师、丰子恺、叶恭绰、虞愚、朱幼兰五位先生合力描绘、书写完成，洋洋大观，世所罕见！而广洽法师把护生画原稿带出境，让广大读者能够看到这部杰作，也是功不可没！

[宋雪君]

生离欤？死别欤？

自李叔同先生出家以后，马一浮可以说是丰子恺精神与创作上的导师；而马一浮也欣赏丰子恺的学识、为人和艺术成就，两人形成了亦兄亦弟、半师半友的关系。

三抵陋巷访麟凤

丰子恺比马一浮小十六岁。在丰子恺出生那一年，马一浮已经在绍兴的一场县试中夺得了第一名。据周作人在《知堂回想录》中记录："……会稽十一金，案首为马福田，予在十金第三十四，豫才兄在三金第三十七。"这里所说的"马福田"，就是马一浮先生，而"豫才兄"就是鲁迅先生。虽然当时的县试，只是科举考试的第一步，几乎可以说相当于现在的"摸底考"，但那时候的马一浮已经算得上崭露头角了。

1918年丰子恺第一次见马一浮先生，是和李叔同先生一同去的。当时李叔同已萌生出家的愿望，用丰子恺的话来说就是"似乎嫌艺术的力道薄弱，过不来他的精神生活的瘾"，他把图画和音乐方面的用具等零物都分送给自己最喜爱的两个学生——丰子恺和刘质平，便带着丰子恺来到杭城的一条陋巷里。这是一间老屋，从里屋出来一个矮胖而满面须髯的中年男子，这就是马一浮

马一浮（一八八三—一九六七），号湛翁等，国学家、书法家、篆刻家，引进马克思《资本论》第一人。马一浮对哲学、文学、佛学造诣精深，又精于书法，是近代新儒家学派代表人物，一九四九年后任浙江文史馆馆长、中央文史馆副馆长等职。

星河浩瀚星可摘

先生。丰子恺曾从李叔同那里知道："马先生是生而知之的。假定有一个人，生出来就读书；而且每天读两本（他用食指和拇指略示书之厚薄），而且读了就会背诵，读到马先生的年纪，所读的还不及马先生之多。"所以丰子恺对马一浮十分崇敬，但这一次，听着李叔同先生的天津白，与马一浮先生的绍兴方言，又是"楞严""圆觉"等生僻名词，还夹杂着英语词汇"philosophy"（哲学）等，十七八岁的丰子恺着实没能听懂多少。于是他便偷偷观察这位初次见面的马先生：他的头圆而大，脑部特别丰隆，假如他的身体不是这样矮胖，一定负载不起那颗硕大的头颅。马先生的眼睛不像李先生的那样纤细，圆大而目光炯炯，上眼帘弯成一条有力的弧线，切着下面的深黑的瞳子。他的须髯从左耳根缘着脸孔一直挂到右耳根，颜色与眼瞳一样，是深黑色的。待到告辞离开马先生家，丰子恺愧恨交加：从进门到告辞出来，自己就像一个"怀着愧恨的傀儡，冤枉地被带到这陋巷中的老屋里来摆了几个钟头"。

第二次拜访马一浮先生，是为了替李叔同，也就是出家后的弘一法师，送去几块印石。这已是距上次见马先生十六年以后的事了，马先生和十六年前一样，坚致有力的眼帘、炯炯有神的黑瞳，和响亮而愉快的谈笑声，而这时候的丰子恺已是膝下多了一群子女，却痛失慈母。在这段时期，丰子恺过着看似平静的生活，每天为糊口而读几页书，写几小时的稿子，吸半听美丽牌香烟，时而买些糖果吃，或者买些玩具同孩子们玩弄，但在内心深处，丰子恺为丧母而深感颓丧，尚不能解除这悲恸和疑惑。马一浮耐心地为丰子恺排解并勉励他，还谈起为丰子恺的《护生画集》所作的序。从马先生住处出来，丰子恺已是充满了愉快的心情。那一天正是清明节，丰子恺记述："走出那陋巷，看见街角上停着一辆黄包

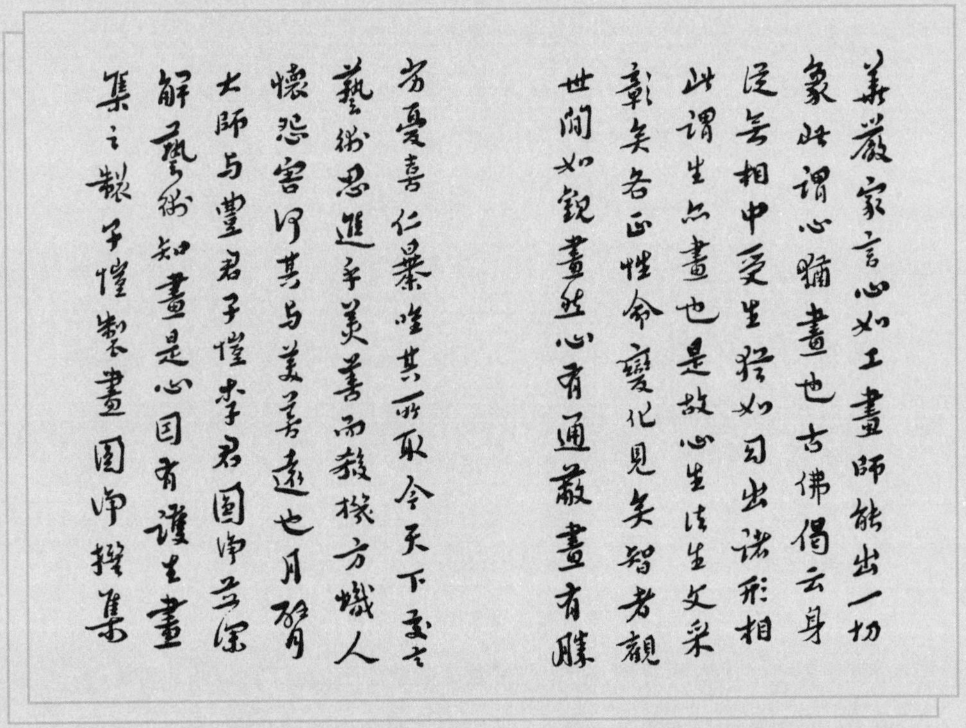

華嚴家言心如工畫師能出一切象此謂心猶畫也古佛偈云身從無相中受生猶如幻出諸形相此謂生亦畫也是故心生法生文采彰矣各正性命變化見矣智者觀世間如觀畫然心有通蔽畫有勝劣憂喜仁暴唯其所取今天下交言藝術思進乎美善而殺機方熾人懷怨害何其與美善遠也月臂大師與豐君子愷李君圓淨並深解藝術知畫是心因有護生畫集之製子愷製畫圓淨撰集

马一浮《护生画集》初集序言手迹节选。在此序中他提出“护生者，护心也”的观点。去除残忍心，长养慈悲心，然后拿此心来待人处世，这是护生的主要目的。

车，便不问价钱，跨了上去。仰看天色晴明，决定先到采芝斋买些糖果，带了到六和塔去度送这清明日。"这一天回到旅馆的时候，丰子恺想起上午去拜访的马先生，心中感到热烈的敬畏和爱戴。

1933年，丰子恺第三次拜访马一浮。这时的丰子恺已经屈服于"无常"，不再像以前那样心里充满悲愤。他带着古诗词中读到的"笙歌归院落，灯火下楼台"、"六朝旧时明月，清夜满秦淮"、"白头宫女在，闲坐说玄宗"等咏叹无常的文句，打算把它们翻图作画，合作一册《无常画集》。丰子恺说："我就把这点意思告诉他，并请他指教。他欣然地指示我许多可找这种题材的佛经和诗文集，又背诵了许多佳句给我听。最后他翻然地说道：'无常就是常。无常容易画，常不容易画。'我好久没有听见这样的话了，怪不得生活异常苦闷。他这话把我从无常的火宅中救出，使我感到无限的清凉。当时我想，我画了《无常画集》之后，要再画一册《常画集》。《常画集》不须请他作序，因为自始至终每页都是空白的。"

三访马一浮后，丰子恺深深地感觉到："我每次从马氏门中回出来，似乎吸了一次新鲜空气，可以继续数天的清醒与健康。"在丰子恺的一生中，对他影响最大的有三个人：李叔同、夏丏尊和马一浮，而在诗词艺术、绘画创作以及精神上不断支撑着丰子恺的，正是马一浮先生。

[杨子耘]

赠钱还钱见真情

1937 年 11 月初的一天，日寇的一架双翼侦察机从丰子恺的家乡石门湾低低飞过。丰子恺坐在缘缘堂的餐室里，通过玻璃窗望出去，甚至可以看清机上的人影。石门湾是个不设防的小镇，没有一个军人，居住的纯属民众妇孺，但日寇的侦察机低空盘旋，仔仔细细地看了一遍之后，似乎觉得非常满意，立刻就派出轰炸机前来屠杀。一轮轰炸过去，石门镇的许多平房被夷为平地，所幸丰子恺的缘缘堂没有挨炸，全家老小赶紧逃离小镇，到乡下亲戚家暂时躲避。

战事日益趋紧，嘉兴激战，石门一带部队已开始布防。一位名叫张四维的连长告诉丰子恺说："为求最后胜利，贵处说不定要放弃。"这时，丰子恺开始打算率全家老小逃离战区。逃往哪里呢？也许是缘分也许是巧合，当地的邮局正好迁在丰子恺住处邻近，他们送来了一封信，是马一浮先生从桐庐寄来的。马一浮在信中询问石门附近的战况，并说他已由杭州迁居桐庐，住迎薰坊十三号。丰子恺立刻做出决定，先走杭州，溯江而上到桐庐，投奔马先生。"数月来不得呼吸精神的空气而窒息待毙的我，至此方得抽一口大气。我决定向空气新鲜的地方走。"丰子恺如是说。

逃亡前夜，检点收拾完所有行囊，丰子恺才发现最重要的东西还没有准备，那就是钱！丰先生向来不善"理财"，他曾经说过："钱一多，就会

子愷仁兄先生 十五号惠書並遺
又佳畫病未能即復 嬉剂
見宗廬法師來畫呈見狸
喜日荷其 惠藥甫宣致
謝彥兄此書因詳啟之独復
及法師來畫盖湘上地復 領諸保
与法師通訊時附致之病自更不
纸字水墨封面 如都喜已瞑矢兑
法師書中 妙乘病起瞑目作此
真成空中寫迹 新方暑峥
潜鄉而生 浮白首廿言

1961 年 6 月，马一浮给丰子恺的信。马一浮当时患有严重的白内障，没有办法治疗，信中说"病起瞑目作此，真成空中写迹"，这封信是他闭着眼睛写就的。

在口袋里哇哇叫的。"所以钱经常是一手来一手去，到一家老少十多个人打算逃难时，手头竟然仅有几十块钱。好在还有平时给六个孩子的"红纸包"：每逢孩子过生日，丰子恺都会封一个"红纸包"，上写"长命康乐"之类的文字，内封的银元数与孩子的岁数相同。得了"红纸包"，孩子们照例是不拆开的。这天大家一起拆开，充作逃难费用，一共凑得四百余元。

租船逃到桐庐，一路坎坷，艰难惊险自不必多说，能与马一浮在桐庐会面，可说是极大的欣慰了。丰子恺在《桐庐负暄》中说："马先生平时对于像我这样诚敬地拜访的人，都亲切地接见，谆谆地赐教。山中朋友稀少，我的获教就比平时更多。这时候正是隆冬，而风和日暖。我上午去访问，马先生就要我和星贤同去负暄。僮仆搬了几只椅子，捧了一把茶壶，去安放在篱门口的竹林旁边。这把茶壶我见惯了：圆而矮的紫砂茶壶，搁在方形的铜炭炉上，壶里的普洱茶常常在滚。茶壶旁有一筒香烟，是请客的。马先生自己捧着水烟筒，和我们谈天，有时放下水烟筒，也拿支香烟来吸。"

好景不长，战火渐渐逼近桐庐，丰子恺决定再次西迁，远走大后方。他先是劝马一浮同行，但马一浮认为"寇能沼我都市，不能夷我山川"，不愿意远行。这时，丰先生身边的四百余元钱，还剩有三百多元，而随他一起逃难的亲友有十多个人，路费已很紧张。但考虑到如果形势恶化，马一浮亦不得不远行时，还是分出一部分钱叫人送给马一浮。马一浮当即送还，并且坦率地告诉丰子恺，自己还能对付五六个月。

战火不断蔓延，马一浮也不得不踏上逃往内地的路途。已经到达长沙的丰子恺知道后，立即汇寄出百元供马一浮路上开销。马一浮制止不及，到1938年8月在桂林与丰子恺会合，才当面退还。

1961 年 5 月，马一浮给丰子恺的信。信中说弟子刘公纯欲筹资为马一浮出书，令他深感不安。马一浮坚辞，并说"君子爱人以德，即请置而不论可矣"。

1942 年 10 月 13 日，弘一大师升西，丰子恺发愿为弘一法师造像百尊。他说，因为弘一法师"在我心目中印象太深之故，我自己觉得，为他画像的时候，我的心最诚，我的情最热烈，远在惊惶恸哭及发起追悼会、出版纪念刊物之上"。到了 1943 年 2 月至 4 月间，丰子恺从泸州、经自贡、五通桥一路来到乐山。丰子恺这次去乐山，一方面是约请早已来到乐山的马一浮为弘一大师作传，另一方面是举办个人画展。画展毕，丰先生有了收入，就开始惦记起马一浮的生活。据马一浮先生的弥甥女丁敬涵老人回忆：丰子恺看到马一浮的生活比较清苦，离开乐山前交给前来送行的王星贤一千元钱，说是对马一浮的"香烟供养"。当时，马一浮目睹大量书籍遭受战火毁灭，十分痛心。为保存、传播古籍，给后人多留下一些文化种子，所以他所主讲的复性书院，虽然常有"在陈之厄"，仍一直坚持传刻古书，自己还鬻字刻书。当王星贤告诉马一浮丰先生留下一千元"香烟供养"钱时，马一浮立刻决定用以刻书，同时给丰子恺写信，他写道："香烟供养如何敢当……拟请移作刻书特捐。此则以道理供养天下人，胜以烟云供养老夫，其功德何止千百倍耶！"

　　最后一件与钱有关的事，发生在 20 世纪 60 年代。这时的马一浮，虽然得到毛泽东、周恩来和陈毅等领导人的关心与照顾，专门拨款让他安心著书立说颐养天年，但马一浮的白内障日趋严重，有时必须写的信也是"瞑目"而作。新加坡广洽法师等友人得知，特地觅得白内障药物寄到国内。马一浮收到以后就给丰子恺写信："广洽师惠寄药物两次均收到，此项药物纳税颇重，前后共纳四十余元，实属不堪负担，洽师好意为感……"

1949 年后，马一浮住在杭州蒋庄，任浙江文史馆馆长，丰子恺常去请教。丰子恺在自家每一处常住寓所，几乎都挂有马先生的书法。此为1962 年两人在杭州蒋庄合影。

20 世纪 60 年代初的"四十余元",确实是一笔不菲的开销呢!而马一浮向来生活节俭清廉,除了读书买书,很少有其他开销。马一浮一生藏书无数,在"大革文化命"的年代,可说是在劫难逃。据马一浮的侄女汤俶方女士回忆:那天马一浮进城了,回来的路上正好看到杭州七中的红卫兵去蒋庄造反。红卫兵将马一浮毕生收藏的许多古书古画当众焚烧,连蒋庄的两株高大的广玉兰都被烧得乌焦。幸亏马一浮已有所料,事先整理出最值得保藏的一万多卷古籍,一共有十八箱,提前抢运至浙江图书馆古籍部。这是马一浮先生一生的主要收藏,最终都捐献给了国家。

[杨子耘]

盛宴当我前,良朋坐我侧。为念流离苦,停杯不能食。

亦师亦友亦兄弟

据马一浮先生的弥甥女丁敬涵老人回忆，丰子恺因马一浮年长于自己十六岁，又是自己老师李叔同所敬佩的朋友，因而视马一浮为老师；而马一浮因敬重丰子恺的学识、为人和艺术成就，一直把丰子恺视为朋友。但在学术问题上，马一浮又像对待学生那样尽其所知以教育、指导丰子恺。这就形成了两人亦兄亦弟、半师半友的关系。讲起"兄"，还有个称不称兄的小插曲。马一浮给丰子恺写信，总称丰子恺为"子恺仁兄"或"子恺尊兄"。1939 年初，丰在给马的信中表示，被称为"兄"实不敢当，要求以后勿以"兄"见称。马一浮在 1 月 17 日回信时就改称"子恺吾友"，有趣的是在其下还注明："遵来谕不称兄"，而在以后写信时，又像忘记了似的，照样称"兄"不误。其实，马一浮说"子恺仁兄"，只是一种敬称，一种尊称，是对丰子恺的敬重，并非特指年纪上的"兄"。而要说他对于丰子恺学术以及艺术上的帮助，却是实实在在的。

1933 年，丰子恺在故乡石门湾的新居"缘缘堂"刚落成，他就请马一浮题写匾额。马一浮题"缘缘堂"三个隶书大字后还附了一首偈，他借这首偈告诉丰子恺，要把天下的万事万物都看在眼里，就可以认真悟解人生。这首偈中有这样四句：

能缘所缘本一体，收入鸿蒙如双眦。

画师观此悟此生，架屋安名聊寄耳。

可惜缘缘堂落成后仅五年，便毁于日寇的炮火，马一浮的题字也随之焚毁。但这并不妨碍他俩的深入交往。在各自踏上了逃难之路后，虽然走的是不同路线，可他们的书信来往相当频繁。在信中，丰子恺把逃难途中所见的民众遭受的苦难，以及军民抗日情绪的高涨，一一告诉马一浮，还把自己所写的抗日歌曲寄给马一浮。马一浮回信给以鼓励，并详细指导丰子恺的创作。马一浮在1938年2月9日的信中说："愚意此后撰述务望尽力发挥非战文学，为世界人道留一线生机。目睹战祸之烈，身经乱离之苦，发为文字，必益加亲切，易感动人。"马一浮这是在以更加高远的视野，更加宽阔的胸襟，指导丰子恺的艺术创作。

1938年5月3日马一浮致信丰子恺，评论丰子恺写的抗战歌曲："《高射炮打敌机》一首，篇法甚佳，音节亦似古乐府，似较《东邻有小国》一首为胜。声音之道，人人最深，此类歌曲能多作，甚善。遣词虽取易晓，不欲过文，但亦不可过俚；用韵及音节尤不可忽。若能如古乐府歌词，斐然可诵，则尤善矣。"

也是在这一时期，丰子恺与浙江第一师范的同班同学曹聚仁因《护生画集》发生纠葛。曹聚仁认为战乱时期，不必"护生"，丰先生的《护生画集》可以烧毁了！丰子恺写下《一饭之恩》予以驳斥："现在我们中国正在受暴敌的侵略，好比一个人正在受病菌的侵扰而害着大病。大病中要服剧烈的药，才可制胜病菌，挽回生命。抗战就是一种剧烈的药。然这种药只能暂用，不可常服。等到病菌已杀，病体渐渐复原的时候，必须改吃补品和粥饭，方可完全恢复健康。补品和粥饭是什么呢？就是以和平，幸福，博爱，护生为旨的'艺术'。……我曾在流难中，受聚仁兄一饭之恩。无以为报，于心终不忘。写这篇日记，聊作答谢云尔。"

马一浮在 6 月 6 日的回信中说："得读《论抗战歌曲》及《一饭之恩》等篇。夫人不言，言必有中。在近时作家浅薄思想中，忽有此等朴实沉着文字，此真是最后胜利之福音……将来文艺界如有觉悟，当有益深刻之作品发现，方足唤醒人类真正之感情，启发其真正之理智。贤如不以吾言为谬，深望本此意多作文字。此不独一民族、一时代之关系而已也。"

马一浮对丰子恺的绘画，有极力称颂的，也有批评的。在《护生画集序》中，他说丰子恺画护生画是"深解艺术""以画说法"；在《赠丰子恺》一诗中称"画痴今有丰子恺，漫画高文惊四海"，而在乐山参观丰子恺画展时，马一浮认为有的画"笔墨痕迹太重，亦是未臻超脱，未能空灵。名家杰作，令人望去几乎不知是画，此乃空灵之妙也"。

马一浮与丰子恺都是诗词方面的高手，他们的诗词往来也是一种绝妙的交流。1943 年丰子恺赴乐山举办画展，他在《癸末蜀游杂诗》"乐山濠上草堂呈马一浮先生"中写道：

> 蜀道原无阻，灵山信不遥。
>
> 草堂春寂寂，茶灶夜迢迢。
>
> 麟凤胸中藏，龙蛇壁上骄。
>
> 近邻谁得住，大佛百寻高。

这里的麟凤，指的就是马一浮。而马一浮也以一首《观丰子恺画展同

红是樱桃绿是蕉 画中
景物未全凋 读和 四月巴山
路 岂有行人忆六桥

世事五月辞沙坪小屋迁居渝城学僚归舟而京
迢阻滞 行期邈然 念昔与诸名贤题诗 弥觉亲切
床头有此 援笔书之以贻 陈宝 宁馨
子恺

"红是樱桃绿是蕉，画中景物未全凋。清和
四月巴山路，定有行人忆六桥。"这是马一浮题
丰子恺《人生漫画》的诗句，表达了思乡之情。
1946年5月，丰子恺辞沙坪小屋迁居渝城途中
交通阻滞，援笔书之赠女儿陈宝、宁馨。

星贤、伯尹》诗回应：

> 臣游壁观可同时，万法生心即画师。
>
> 每怪倪迂耽竹石，恰好郑侠写流离。
>
> 洞霄九锁人归远，云海千重鸟去迟。
>
> 屏上春山蕉下梦，未妨收入一囊诗。

在 1943 年丰子恺离开乐山后，马一浮写了一首《立夏日寄子恺其一》，表达对江南、对杭州的思念之情。马一浮在诗中提到的"六桥"，泛指杭州的西湖。在西湖的苏堤上有六座桥：分别是映波桥、锁澜桥、望山桥、压堤桥、东浦桥和跨虹桥（另一说是指里西湖的六座桥：环璧桥、流金桥、卧龙桥、隐秀桥、景行桥和濬源桥）。

> 红是樱桃绿是蕉，画中景物未全凋。
>
> 清和四月巴山路，定有行人忆六桥。

后来丰子恺在 1944 年秋填了一阕《贺新郎》，其中写道：

> 故园焦土蹂躏后。幸联军，痛饮黄龙，快到时候。来日盟机千万架，扫荡中原暴寇。便还我，河山依旧。漫卷诗书归去也，问群儿，恋此山城否？言未毕，齐摇手。

果然，时隔不到一年，抗战胜利，日本人宣布投降，两位大师也陆续回到了魂牵梦萦的杭州。

[杨子耘]

译书"撞车"不撞情

1927年11月27日，鲁迅在日记中写道："星期日。晴。上午得立娥信，十九日发。黄涵秋、丰子恺、陶璇卿（即陶元庆——编者）来……"鲁迅这条日记明确记载了丰子恺为译书"撞车"而专程登门拜访的事。所谓译书"撞车"是指鲁迅与丰子恺在互不知情的情况下几乎同时翻译出版厨川白村的《苦闷的象征》一事，这事在当时的中国文化界实为稀有少见。

厨川白村的《苦闷的象征》究竟是本怎样的书，竟然会同时吸引了鲁迅与丰子恺两位文学巨匠的译介目光？厨川白村是日本东京帝国大学教授，著名文艺评论家，《苦闷的象征》是他的一部文艺理论著作，也可说是一部美学作品。当时中国正处在新文化运动时期，尤其是在五四运动后许多新文学作品抒写了知识分子在新旧社会变革、动荡中的觉醒、彷徨与苦闷。而《苦闷的象征》正好契合了当时中国的文艺创作思潮，让新文学作家们对

鲁迅（一八八一—一九三六），文学家、思想家、革命家。留学日本，初学医，后从事文学活动，曾发起成立左翼作家进步组织。作品以小说、杂文为主，代表作有《狂人日记》《阿Q正传》等，其作品对中国文学产生了深刻影响。

星河岁裹星河转

　　丰子恺与鲁迅先生认识，始于 1927 年。丰子恺从日本回上海后，经常去四川路的内山书店，鲁迅当时是内山书店的常客。经书店主人内山完造介绍，两人便相识了。

《苦闷的象征》产生了一种美好的亲切感。有人曾说这本书似乎就是对那一时期"苦闷文学"的艺术理论总结。

对于这样一本引起中国思想文化共鸣的有意义的书，鲁迅与丰子恺的眼光是一致的，不谋而合地都把它翻译为中文，实际上也表达了他们两人共同的普世为学情怀。

鲁迅于1924年4月起着手翻译，并于同年10月译毕，初交未名社于该年12月出版。而大约就在鲁迅翻译此书的同时，丰子恺也开始翻译，并于1925年3月由上海商务印书馆出版。同一本书、两个译者、三个月内相继出版，就这样鲁迅和丰子恺"撞车"了……

虽说撞的是译作，但也撞到了丰子恺的心。因为当时丰子恺还是一个文艺青年，而《苦闷的象征》又是丰子恺的译作第一次出版，所以他对"撞车"之事深感不安，决定登门拜见鲁迅。此前，丰子恺曾由内山完造介绍在内山书店结识了鲁迅，有几次在书店见面时还用日语交谈，谈得很是投机。但这次造访不同了，一是到鲁迅府上，二是为了"撞车"要去表示歉意。好在同去的都是熟人，陶元庆是丰子恺在上海艺术师范学校的学生，这次由他带领；黄涵秋是丰子恺在日本留学时交的好友，这两位鲁迅也是很熟悉的。

丰子恺见到鲁迅后很抱歉地说："早知道你在译，我就不会译了。"鲁迅也很客气地说："早知道你在译，我也不会译了。其实，这有什么关系，在日本，一本书有五六种译本也不算多呢。"鲁迅的态度消除了丰子恺的顾虑，他俩之间的距离似乎也拉近了许多。

在鲁迅与丰子恺的中文译本推出后，这部著作逐渐为国内文化界人士所了解，并且译作一版再版，从而使这部著作拥有了众多的读者。可以说,《苦闷的象征》在中国近代文艺美学史上的影响力,超越了其他任何一本美学译作,影响了五四时期作家们对于"苦闷"文学的抒写,也促进了中国近代文艺理论的建立与发展。

"撞车"的误会消除了,紧接着又引出了译文哪一本更好的问题,丰子恺曾说过:"他(鲁迅)的理解和译笔远胜于我。"也许这是丰子恺的谦虚之词,而读者中偏偏有一些好事者将两本译作进行比较阅读,定要找到答案。其中就有一位叫季小波的人,他与鲁迅交往颇多,同时又是丰子恺的学生。1989年12月20日,《文汇报》发表了季小波先生一篇题为《鲁迅的坦诚》的文章。文章说:笔者曾在1929年读到鲁迅翻译的《苦闷的象征》,感到译文诘屈聱牙,有些句子还长达百来字;他觉得还是丰子恺的译本"既通俗易懂,又富有文采"。季小波继而写道:"我觉得在翻译的某些方面,鲁迅显然不如丰子恺,但鲁迅的文章却无疑是大家手笔。我出于尊敬鲁迅,想对他当面提出我的看法,但又怕过于率直而伤了'情面'。三思之下,决定还是写一封信向鲁迅'请教'。我在信中将厨川白村的原文(日文)及鲁译、丰译的同一节、同一句译文互相对照,提了我的意见,还谈了直译、意译和林琴南文言文译的不足之处。"过了几天,季小波收到鲁迅长达三页的回信。鲁迅不仅表示同意季小波的看法,认为自己译的不如丰子恺译的易读,还在信中自嘲地说:"时下有用白话文重写文言文亦谓翻译,我的一些句子大概类似这种译法。"

在《苦闷的象征》发行上市的问题上,鲁迅首先想到若自己的译本出版在先,必然会影响到丰子恺译本的销路,便向出版社提出缓期发行。后来,丰子恺每每提及此事,总是由衷地称颂鲁迅先生对文学青年的关怀和爱护,并在很多文章中谈到这一细节,以感谢鲁迅对他在文学起步阶段的扶持。

与其说丰子恺与鲁迅两个译本是偶然"撞车"，还不如说是两位文艺巨匠英雄所见略同，是一种心灵默契和文化认同。"撞车"不撞情，反而撞出了两位大师绚烂的友谊火花，为 20 世纪文坛留下了一段佳话！

[吴 达]

鲁迅译《苦闷的象征》(左)
丰子恺译《苦闷的象征》(右)

子恺三画阿 Q 传

因为翻译《苦闷的象征》"撞车"，成就了丰子恺与鲁迅两位大师在上海景云里鲁迅寓所的一次亲密接触和对话。当天鲁迅在谈话中还感慨"中国美术的沉寂、贫乏与幼稚"，希望丰子恺"多做一些提倡新艺术的工作"。此次见面后，丰子恺更尊重鲁迅，更热爱鲁迅作品，越发感到自己为倡导新艺术工作的重大责任。

鲁迅出生于 1881 年，比丰子恺的恩师弘一法师小一岁；丰子恺出生于 1898 年，与鲁迅相差十七岁，丰子恺一直视鲁迅为自己的师长。鲁迅与丰子恺，一位故乡是绍兴，一位故乡是桐乡，同是浙江人，同受吴越文化的熏陶。相同的生长环境，相同的留学背景，相同的志趣和艺术观，相同的家国情怀和社会责任，使他们两位成为新文化运动的坚定倡导者和实践者。据回忆，丰子恺经常在夏天的午后给孩子们念小说，念到鲁迅先生小说里面有关社会的苦难、人性的无奈，读着读着丰子恺自己的眼泪就落下来了。真是"英雄识英雄""英雄惜英雄"，这促使丰子恺想要为鲁迅的作品做些工作，丰子恺与鲁迅的又一个故事便从这里开始了……

1937 年春，丰子恺为了孩子们的学业，常常居住在杭州田家园。茶余饭后，他试着以鲁迅小说《阿 Q 正传》为题材来创作漫画，画好之后，悬于

《阿Q正传》插图，丰子恺创作的阿Q几乎成为此后各种视觉艺术塑造阿Q形象的范本。

1949年丰子恺为鲁迅小说作品所作插图，《孔乙己》（左上）、《祝福》（右上）、《社戏》（左下）、《白光》（右下）。

床头，反复观看推敲。丰子恺的学生张心逸当时也住在杭州，见了这些漫画，十分喜欢，便准备出资自行印一册漫画《阿Q正传》。1937年的夏天，这些画被制成五十四块锌版，送交上海南市城隍庙附近某印刷厂去付印。不料，"八一三"日寇攻打上海，南市成了一片火海，这些图稿与锌版都化为了灰烬。此后不久，丰子恺也被迫带着家人告别了心爱的缘缘堂，踏上抗日流亡之路。

1938年春天，丰子恺辗转到了汉口。他的另一位学生钱君匋听说后，立即从广州来信，替《文丛》期刊向丰子恺邀约《阿Q正传》漫画插图。丰子恺不顾流离颠沛之辛苦，便提笔重作，并陆续寄《文丛》发表。他先寄了两幅插图，后又寄出六幅。谁料《文丛》刚发表了两幅漫画，又遇上日寇在广州的大轰炸，余下的六幅，再次葬于炮火。

无情的战火两次毁掉了丰子恺的图稿，但丰子恺毫不气馁地说："炮火只能毁吾之稿，不能夺吾之志。只要有志，失者必可复得，亡者必可复兴。"抱着这样的信念，他于1939年3月，又一次重画《阿Q正传》。当时正值丰子恺辞去桂林师范教职，即将奔赴宜山之际。3月的大西南常常风雨阻途，路津车舟大都不能按时如期，丰子恺便利用这些候车待渡的时间，第三次画《阿Q正传》，并且很快完成了。这一回他没有立即拿去发表，因为他觉得自己的家乡离《阿Q正传》故事发生的背景——鲁迅的故乡绍兴，虽相去不过二三百里，但在风物民情方面还是略有差异。所谓百里不同风，十里不同俗，本着对艺术、对读者，也对鲁迅小说负责的态度，他特意请教了张梓生、章雪山这两位绍兴籍的朋友，听听他们对这些画的意见，擅长绘画的章雪山还亲自为丰子恺画了一只乌篷船。最后丰子恺对全部画作进行修正校改，又嘱女儿把这五十四幅画逐一印摹一套以防再遇不测。1939 年 7 月，第三次获得重生的漫画版《阿 Q 正传》终于由开明书店出版。

丰子恺在《绘画鲁迅小说》序言中说："鲁迅先生的小说，大都是对于封建社会的力强的讽刺。赖有这种力强的破坏，才有今日的辉煌的建设。但是，目前的社会的内部，旧时代的恶势力尚未全部消灭。破坏的力量现在还是需要。所以鲁迅先生的讽刺小说，在现在还有很大的价值。我把它们译作绘画，使它们便于广大群众的阅读，就好比在鲁迅先生的讲话上装一个麦克风，使他的声音扩大。"正是因为旧时代的恶势力尚未全部消灭，鲁迅小说对于封建社会强力的讽刺和破坏力量还有恒常的价值，成为丰子恺矢志不渝、百折不挠、含辛茹苦三画《阿 Q 正传》的精神动力！丰子恺为的是"将来的中国将不复产生阿 Q 和产生阿 Q 的环境"。他没有辜负鲁迅先生"多做一些提倡新艺术的工作"的希望。

烽火连三年，画稿抵万金，漫画阿 Q 的诞生，使鲁迅小说中的阿 Q 从抽象的文字化成具象的图画，一个活生生的典型人物形象跃然纸上，此后几乎成为各种视觉艺术塑造阿 Q 的标准形象。漫画《阿 Q 正传》的面世既是对鲁迅精神的致敬，又是对日寇暴行的顽强抗争。从 1939 年到 1949 年，在这十年的时间里，漫画《阿 Q 正传》刊印了十五版。丰子恺在作了《阿 Q 正传》漫画后，还曾于 1949 年分别为鲁迅的《祝福》《孔乙己》《故乡》《明天》《风波》《药》《社戏》和《白光》八篇小说创作了连环漫画，并于 1950 年 4 月由上海万叶书店出版，书名为《绘画鲁迅小说》。画译鲁迅小说成为丰子恺给新时代的礼物。

有人说，鲁迅的文章里有丰子恺的画，丰子恺的画里有鲁迅的精神。丰子恺真的给鲁迅先生的声音装上了麦克风，他也给一个时代的历史装上了麦克风，让许多后辈可以真真正正地感受到那个时代的声音，使艺术经典跨越了时空的界限。

鲁迅以杂文见长，风格严峻、犀利、泼辣，而丰子恺以散文、漫画闻名，风格清丽、含蓄、恬淡，两人风格不同，但都用手中的笔揭露、批判社会的假恶丑，歌颂人间的真善美。丰子恺用他的"五寸不烂之笔"描绘了许多社会上的痛苦相、悲惨相、残酷相，还专门刻了一个章，叫做"速朽之作"。抗战期间他还画了大量的战时漫画，丰子恺与鲁迅是真正的异曲同工、殊途同归。鲁迅是一位"横眉冷对千夫指"的斗士，勇者必胜；丰子恺是一位护生护心可歌可泣的居士，仁者无敌。

[吴　达]

周作人青年时代留学日本，与兄周树人（鲁迅）一起翻译介绍外国文学。丰子恺曾为他创作的《儿童杂事诗》配画，周作人也曾应邀校订丰子恺《源氏物语》的译稿。

苦茶庵中结"怨"友

1949 年 1 月，古都金陵寒冬的一天，南京老虎桥监狱的大门徐徐打开，里面走出一位步履沉重、神色迷茫的老人。他，就是周作人。那年周作人六十四岁，而丰子恺五十一岁。可能谁也没有料到，丰子恺与周作人的恩怨故事就此开始了。

周作人是鲁迅的弟弟，现代著名散文家、翻译家。早年留学日本，后在抗战时期"落水"附逆，因汉奸罪被判刑十四年，在铁窗内度过了三年后，被保释出狱。

周作人出狱后，暂居上海。但生活没了着落，十分无奈，一介文人只能靠文墨来谋稻粱。毕竟是周作人，他在牢狱中也是笔耕不辍，写了七十二首表现儿童生活与儿童风俗故事的《儿童杂事诗》，经朋友介绍，得到《亦报》编者唐大郎的照顾，准备将这七十二首诗在报上连载，署名"东郭生"。当时《亦报》销售状况并不好，唐大郎想借此机会，争取更多的读者。那时，丰子恺在上

周作人（一八八五—一九六七），鲁迅之弟，作家、翻译家，一九〇六年留学日本，五四运动时任北京大学等校教授，一九四九年后从事日本、希腊文学作品的翻译，以及撰写有关回忆鲁迅的著述。

海文化界的地位已相当高，尤其是他的漫画、插图，更是深受社会各界欢迎。于是唐大郎就找到了丰子恺，请丰子恺为《儿童杂事诗》配画。唐大郎的这个设想是非常有眼力的，他相信周的诗、丰的画，一定珠联璧合，相得益彰。

当时出于对周作人的同情，同时也是为了帮助《亦报》的编者朋友，丰子恺很乐意接受这个任务。此前，丰子恺与周作人并没有任何交往，尽管周是附逆者，但丰子恺对周作人的才学一直是敬佩的，因此对周作人是友善的。

丰子恺为《儿童杂事诗》配了六十九幅插图，其中有三首诗丰子恺未曾配画，当时报纸刊出时还特意注明"此诗无画"或"今日无图"，由此可见配画受读者欢迎的程度。因为是连载，吊足读者胃口，期期报纸销售火爆。这些诗配画后来辑成一册，出版时，报社还请漫画家毕克官为那没有配图的三首诗补画了三幅图。再后来考虑到配画的风格统一，又请丰子恺的女儿丰一吟补画了三幅替代了毕克官的画。由周作人作诗、丰子恺配画、出版家钟叔河作笺释的《儿童杂事诗》自问世以来，一直受到文化界的广泛赞赏。

对于这样一件皆大欢喜的好事，周作人似乎并不领情，他在一封信中说："……来信所说东郭生的诗即是'儿童杂事诗'，记得报上的'切拔'订成一册，曾以奉赠，上边丰子恺的插画，乃系报馆的好意请其作画者，丰君的画我向来不甚赞成，形似学竹久梦二者，但是浮滑肤浅，不懂'滑稽'趣味，殆所谓海派者，插画中可取者觉得不过十分之一，但我这里没有插画本，故只能笼统地说罢了。近来该诗原稿又已为友人借去，里边的诗较好者亦不甚多，但是比起插画来，大概百分比要较好一点罢了。"

下卿作客
拜新年
半日
猴兒
著小冠、
子愷畫
1959 TK

老妻畫紙為棋局
稚子敲針作釣鉤
杜子美詩句 子愷畫
TK

買得胡琴雞吹哪
子愷畫
TK

小辮朝天紅繩繫、
分明一隻
小荸薺、
子愷畫
1950 TK

丰子恺《儿童杂事诗》插图

其实周作人的话中有两点说得也对，一是，丰子恺的画确实是从学竹久梦二开始的；其次，丰子恺的艺术确实得到海派文化的滋养。可惜周作人只知竹久梦二漫画的其一，不知子恺漫画的其二，这也说明了周作人对海派文化的偏见和歧视。

时隔十多年后，同样的情况又发生在丰子恺翻译《源氏物语》的事情上。1961 年底，丰子恺开始翻译《源氏物语》，当时这是人民文学出版社的重点工程。原先是交给钱稻孙先生翻译的，但钱先生因患眼疾双目儿近失明，速度太慢，只好换成丰子恺来译，而周作人只是校订。当周拿到丰的译稿后，发现用的是明清章回小说式的语言，而非文言文，周作人便在给朋友的信中说："近见丰氏源氏译稿，乃是茶店说书，似尚不明白源氏是什么书也。"

据丰子恺的次子丰元草回忆，丰子恺在北京开政协会期间为译作之事曾拜访过周作人，两人一生中直接接触，似乎只有这一次，但也未能改变周作人的看法。不过话说回来，周作人说的"茶店说书"倒正是丰子恺《源氏物语》的翻译风格和特色。正是因为丰子恺太明白源氏是什么书，为了更好地把《源氏物语》介绍到中国来，他才采用中国人喜闻乐见的传统话本小说"茶店说书"式的翻译体裁，这是丰子恺在译作上的明智之举。日本作家春上村树作品的中文译者林少华曾说过："如果用一个字来概括我的翻译主张，那就是'味'，首先要把原作的味儿发挥出来。这个味儿又分为闻的味儿和吃的味儿，前者就是表层行文上的日文式翻译腔或倭味儿，也有人称为'和臭'，后者即神韵或内在韵味，它靠的是一个人长期浸淫于汉语世界中所形成的文学悟性。我最欣赏丰子恺翻译的《源氏物语》，译文鬼斧神工，曲尽其妙，倭文汉译，无出其右。"叶圣陶先生也对

1963 年，丰子恺在上海寓
所日月楼翻译《源氏物语》。

杜宇不知人话旧，缘何啼作旧时声。
梅花香逐东风去，诱得黄莺早日来。
每傍花荫常久立，今逢春尽更流连。
1965 年秋，丰子恺翻译并手书《源氏物语》引歌（局部）。

丰子恺的译作给予高度评价，他说："《源氏物语》译笔极好，如此作品用如此文笔翻译最为适宜。"

其实，无论是《儿童杂事诗》的配图，还是《源氏物语》的翻译，艺术与文学很难有一个整齐划一的评判标准。祝淳翔在《周作人为何不喜欢丰子恺的配画？》一文中认为："古话说，诗无达诂。这是经验之谈，其实相较而言，画的优劣比诗更难评估。"舒芜在文中，也以举例的方式评点了丰的配画，最后达成如下观点："不能说已经完全表达了原诗的情与意，但恐怕再也难以想出更好的画法。反正各种艺术各有所长，亦各有局限，就着诗来配上画，原与独立作画不同，我们只须记住这里的画本来是要配着诗来看的，也不必强求其所不能了。思虑及此，方是恕道。……普通大众自不必跟从知堂的苛评，而就此改变爱赏丰子恺配画的初心。"至于《源氏物语》之争，其实也就是"直译"与"意译"之争，一个更忠实于原作而牺牲了作品的可读性，另一个则反之。

说来也巧，丰子恺与周作人这两个不同道上的人，都喜欢上了南明雪峤禅师的《天目山居》一诗：

> 帘卷春风啼晓鸦，闲情无过是吾家。
> 青山个个伸头看，看我庵中吃苦茶。

丰子恺用"青山个个伸头看，看我庵中吃苦茶"作题画过多幅画，而周作人在吟咏自己五十大寿的诗中有这样两句："旁人若问其中意，且到寒宅吃苦茶。"梁实秋曾说过："周作人先生在北平八道湾的书房，原名苦雨斋，后改为苦茶庵，不离苦的味道……真不明白苦茶庵的老和尚怎么会掉进了泥淖一辈子洗不清！"据说周作人前世是老和尚投胎。

同样是面对人生风雨的丰子恺和周作人，在各自品尝了人生的苦茶后，回味则截然不同，丰子恺是"天于我，相当厚"的豁达通透，周作人却是"未妨拍桌拾芝麻"的悲凉凄苦！

[吴 达]

一吟同志：

广洽法师要我写字，我不得不勉力写呈。今作一诗写就，请您于寄信时附去。字毫无意趣，纸是朝鲜手工製，尚佳。请您代我向广洽法师多多致意。

源氏物语译笔极好，如此作品用如此文章翻译最为适宜。惜我目衰，未得全观，殊以为憾。

所惠照片已收入簿子中，此等极可珍贵之纪念品。

满子後書想已達覽。她後書时我方以目疾住院，近已回来。目疾为左眼低增高，今已降到正常。惟此眼已失手无用，惟遗右眼尚强堪应用耳。

请代我向 令堂致意，並祝

芳节多福。

叶圣陶

84一月二十日

叶圣陶写给丰子恺女儿丰一吟的信。信中提到："源氏物语译笔极好，如此作品用如此文章翻译最为适宜。"

摩登新八仙　论语二道家

　　如果像有的人说的那样，地平线是一条长长的线，线的一头是鲁迅，另一头是周作人，而中间坐着的，是林语堂，那么，丰子恺敬仰鲁迅的学识与为人，赞赏周作人的才华，必然时常会从林语堂身边经过。

　　林语堂生性幽默，哪怕与人争论也是那样。据说有一次郭沫若指责林语堂："叫青年读古书，而他自己却连《易经》也看不懂。非但中文不好，连他的英文也不见得好。"林语堂反驳："我的英语好不好，得让英国人或美国人评。你没有资格批评我。至于《易经》，你也是读的，我也是读的。我读了不敢说懂，你读了却偏说懂，我与你的区别就在这里。"林语堂创办的杂志——《人间世》《宇宙风》，尤其是《论语》半月刊，以幽默为办刊宗旨，经常发表轻松幽默的随笔。

　　《论语》这本杂志影响巨大，当时甚至形成了一个文学派别——论语派。《论语》创刊于 1932 年 9 月，据说杂

林语堂（一八九五—一九七六），作家、翻译家、语言学家。早年留学美国、德国，回国后在北京大学、清华大学等任教。一生著述颇丰，曾创办《论语》《人间世》《宇宙风》等刊物，在文学、语言学等领域取得成就。

林语堂被称为"幽默大师"。英文"humour"由他最早音译为"幽默"于1924年引入中国。他在《八十自叙》中说："并不是因为我是第一流的幽默家，而是在我们这个假道学充斥而幽默则极为缺乏的国度里，我是第一个招呼大家注意幽默的重要的人罢了。"

志取名"论语"是因为和创办人林语堂名字中"林语"两字读音相近。《论语》半月刊拥有一个阵容庞大的作者群，宋庆龄、鲁迅、郭沫若、茅盾等左翼作家在《论语》上发表过作品，蔡元培、胡适、吴宓、朱光潜等也为杂志写过稿子。主要的作者群还包括当时所谓的"摩登新八仙"：吕洞宾——林语堂，张果老——周作人，蓝采和——俞平伯，铁拐李——老舍，曹国舅——大华烈士，汉钟离——丰子恺，韩湘子——郁达夫，何仙姑——姚颖。这虽为戏称，林语堂当时也是欣然认可的，而他更重视的是丰子恺在这些杂志上发表的作品。每逢丰子恺有作品发表，《人间世》或《宇宙风》的"编辑后记"中都有预告、推荐，或者评语，有时甚至刊出丰子恺的大幅照片或全身像，这一"殊荣"仅给予周作人、俞平伯、老舍、郁达夫、废名等少数几位作者。而《宇宙风》上还特意开辟了很受读者欢迎的"人生漫画""缘缘堂随笔"专栏。

《论语》半月刊的封面大多以漫画作品组成，漫画家丁聪画过两期，张乐平也画过几期，画得最多的是丰子恺，复刊以后数十期《论语》的封面都是刊登丰子恺的漫画，也可算是林语堂崇尚幽默的一大特色。

林语堂和丰子恺的另一项合作是《开明英文读本》。这套由林语堂编撰、丰子恺绘封面插图的课本，是当时最为畅销的课本。《开明英文读本》《开明英文文法》共五册，当时这套书风靡各校，成为开明书店的"吃饭书"。当然，丰子恺所作的漫画，也是这套读本受欢迎的重要原因之一。

丰子恺在林语堂创办的《论语》半月刊、《人间世》和《宇宙风》上，先后发表了近五十篇文章，其中包括《劳者自歌》《热天写稿》《吃瓜子》《蝌蚪》《梦痕》《作客者言》《谈自己的画》《半篇莫干山游记》《读画史》《钱江看潮记》《无常之恸》《我的烧香癖》《宴会之苦》《湖畔夜饮》《中国就像棵大

放学，丰子恺为林语堂编撰
的《开明英文读本》所绘插图。

树》以及《告缘缘堂在天之灵》等重要随笔。但是，简单地把丰子恺归入
"论语派"似乎不妥，南通大学文学院徐型教授"以四个字来概括丰子恺
同'论语派'的关系：貌合神离"。"他同'论语派'确实有许多类似之处，
然而仔细分析这些作品表现出来的人生理想、艺术趣味，尤其是与现实
的关系，就会发现丰子恺实际上不是'论语派'中人物，他同'论语派'是
大异其趣的。"

这也可以用来说明丰子恺与林语堂两人的关系：不即不离。他们两
人没有私交，纯粹是作者与编者的关系，而《宇宙风》杂志社却发表了大
量丰子恺的作品，并且丰子恺的画稿还被《宇宙风》杂志收藏起来。1936
年林语堂出国后，《宇宙风》由林语堂的三兄林憾庐接办，后又由林憾庐之
子林翊重续办。杂志社的这些画稿就由林翊重珍藏。1949 年 6 月林翊重
去了台湾，画稿亦被带往台湾并妥善保存，直到 2013 年西泠印社秋季拍
卖会上，这些画稿才重回大陆，可说是七十多年以后这个不即不离的故
事的续篇了。

[朱晓风]

开明国语　图文并茂

　　那是一个上海丰子恺旧居日月楼对外开放的普通日子，一个大约读四年级、胖乎乎的小女孩跟着妈妈走进了日月楼。起先大家并不在意。小女孩被陈列在书架上的一本书深深吸引，她拿起书走到阳台窗户边，坐在藤椅上聚精会神地看起来，看得很仔细……她妈妈催了几次都不走。最后妈妈把书买了下来，她才高兴地离开。小女孩的妈妈对旧居接待人员说，从来没见过女儿像今天这样安静、专心的读书模样，她真的感到有点意外。是什么书，有这般的魔力能让一个四年级的小女孩爱不释手，读而忘返？

　　这本书就是《开明国语课本》。

　　讲到《开明国语课本》，我们马上就会想到两位大家，他们就是叶圣陶与丰子恺。话要回到八十多年前的1931年，这年，叶圣陶进入开明书店，从事编辑工作。这期间，他做了一件非常重要的事，就是编写了一套小

叶圣陶（一八九四——一九八八），原名叶绍钧，作家、教育家、出版家，致力于出版及语文教学，主编或编辑过《文学周报》《小说月报》《中学生》《国文月刊》等，与丰子恺合编《开明国语课本》。一九四九年后任出版总署副署长、教育部副部长等职。

叶圣陶一生有许多身份：中国第一位童话作家、语文教育家、出版家……另外，他还是一位知名"酒会"会长。20世纪30年代，在开明书店主编《中学生》杂志时，叶圣陶与丰子恺等朋友创办了一个文友酒会，他被推举为会长。这个酒会人称"五斤帮"，因为须一次喝下五斤黄酒才能入会。

学生《开明国语课本》，由上海开明书店出版发行。叶圣陶在编写这套教材时，有几点与众不同：第一，他的综合素养极高，他是作家，写过书；也是教师，教过学生；还是编辑，编辑过书。他对课本的品质、品位追求卓尔不凡。第二，叶圣陶在编写课本时，自己创作、自己编辑，甚至自己设计。叶圣陶又力邀漫画家丰子恺加盟，丰子恺不但为每篇课文精心绘制了插图，而且还用小孩子们喜欢的规整的正楷手书了课文文字。这套精心编写制作的教材，上市后得到了教育界的普遍赞誉。叶圣陶和丰子恺受到了极大鼓舞，1934 年，他们再次合作又完成了高等小学用的四册国语课本。这套课本初小八册，高小四册，共四百来篇课文，内容还有寓言故事、笑话趣闻、历史传说和儿童歌谣等，课文的编写取材丰富，涉及众多方面。全套教材充分反映了两位大师的教育思想和编撰制作艺术，所有课文都充满童心和童趣。叶圣陶曾说："给孩子们编写语文课本，当然要着眼于培养他们的阅读能力和写作能力，因而教材必须符合语文训练的规律和程序。但是这还不够。小学生是儿童，他们的语文课本必是儿童文学，才能引起他们的兴趣，使他们乐于阅读，从而发展他们多方面的智慧。"

《开明国语课本》的课文内容以儿童的口吻，叙说儿童身边的生活小事。例如：

太阳，太阳，你起来得早。昨天晚上，你在什么地方睡觉？

柳条长。桃花开。蝴蝶都飞来。菜花黄。菜花香。蝴蝶飞过墙。飞，飞，飞，看不见，蝴蝶飞上天。

泉水到了河里，许多朋友欢迎他。太阳光拍拍他的背。小鱼和他游戏。白鹅到河里看他。岸上的麦叶和豆花都对他点头。泉水说：

"这里好朋友很多，我在这里住一下吧。"

这套教材，内容针对不同年级层次的学生，语言通俗易懂，插图生动活泼，叶的文字，丰的书画，珠联璧合，面世八十余年以来，先后印刷发行了四十多个版次，称得上是教材中的"畅销书"。21世纪初，国内有好几家出版社争着用不同的方式重新出版《开明国语课本》。新版图书推出后，受到师生家长们的追捧，有的甚至卖到脱销，老教材成了新热点。特别是在大力提倡素质教育的当下，老教材非但不过时，还使大家温故知新，得到新的启示。难怪这本新版的《开明国语课本》能让一个小女孩趣味盎然地潜心阅读好几个小时，而不肯回家。

《开明国语课本》是丰子恺与叶圣陶文墨之交中的一个典范，最闪光的成果！其实，丰子恺与叶圣陶交往的故事是相当丰富的，可以用十五个字来形容："心灵通，情感真、意趣同、时间长、成果丰。"

叶圣陶，原名叶绍钧，又名叶锦，1894年生，江苏苏州人，是我国杰出的现代作家、教育家、出版家和社会活动家，有"优秀的语言艺术家"之称。丰子恺，早年名丰润，1898年生。叶圣陶比丰子恺大四岁，一位属马，一位属狗，两位大师默契配合为新文化、进步文艺真是效了犬马之劳！

叶圣陶回忆他与丰子恺初识时的一些情况："我跟子恺兄相识在20年代初，最先是看他的漫画，其次倾慕他的为人，随后是阅读和校对他的各种文篇。六十年前的事儿，回想起来已经渺茫了。当时在上海，彼此都年轻，相聚的机会挺多，不觉得怎么值得珍惜的，因而许多事儿都淡忘了。"可见他俩一经相识，交往就十分频繁，叶圣陶还说他编校过不

《开明国语课本》由叶圣陶写课文、丰子恺绘插图。一排排的白话，一页页的稚画，1932年出版上市时果然有点儿轰动，受到教育界的普遍赞誉。

少丰子恺的文章，同样，丰子恺也为叶圣陶设计过图书封面或画过插图。

1925年，郑振铎先生主编的《文学周报》上经常有丰子恺的漫画作品发表。郑振铎一心要更多地收集丰子恺的漫画，叶圣陶便帮助他参与了《子恺漫画》的选画工作。可以说，丰子恺第一部漫画集《子恺漫画》的问世，叶圣陶是主要参与者之一。也是从这时候开始，丰子恺与叶圣陶从同事成了知心的朋友。还是在那年，立达中学、立达学会成立，丰子恺是创办者之一，叶圣陶是学会会员，丰子恺与叶圣陶都热爱儿童，致力于儿童文学创作，两人意趣相投。

1927年秋，通过丰子恺的介绍，叶圣陶与弘一法师相识。叶圣陶在1927年秋写的《两法师》一文明白地讲到了这样的因缘："于是，不免向子恺先生询问关于弘一法师的种种。承他详细见告。十分感兴趣之余，自然来了见一见的愿望，便向子恺先生说起了。'好的，待有机缘，我同你去见他。'"

1931年，丰子恺为叶圣陶的《古代英雄的石像》配插图，并作读后感。丰子恺在文中说："人们常常说，图画比文章容易使人感动。但我总觉得不然。图画只能表示静止的一瞬间的外部的形态，文章则可写出活动的经过及内容的意义。况言语为日常惯用之物，自比形色容易动人。最近我为圣陶兄的童话描写插画，更切实地感到这一点。圣陶兄来信嘱我为他的童话描写插画。我接信时就感到高兴，因为我对他的童话已有夙缘。"

1936年初，开明书店为纪念开办十周年，创刊《新少年》杂志，丰子恺与叶圣陶都担任编辑并经常为杂志撰稿。丰子恺在创刊号就发表童话《小钞票历险记》、美术故事《贺年》以及多幅插图。1937年的《新少年》还用了半年时间连载丰子恺的《音乐故事》十一篇。

[宋雪君]

丰润叶锦永芬芳

抗战全面爆发后，丰子恺和叶圣陶均避难到内地。八年流亡，烽火连天，二人难得见面，但他们的心始终牵动在一起。

1942 年春，丰子恺在遵义收到叶圣陶的信和一首诗，当时叶圣陶正由成都赶往桂林，路经贵阳。因心里惦记着多年未见的丰子恺，一心打算顺道到遵义与老友见上一面，谁料路途多险，汽车故障，浪费了时间，失去了机会。叶圣陶从投宿的小店里寄了信和《自重庆至贵阳寄子恺遵义》的诗，表达了对老友深切的思念之情：

> 始出西南道，川黔两日间。
>
> 凿空纤一径，积翠俯干山。
>
> 负挽看挥汗，驰驱有惭颜。
>
> 怅然遵义县，未获扣君关。

关于这段故事，叶圣陶是这样回忆的："1942 年春天，我从成都去桂林，当时子恺兄住在遵义乡间，我只想路过遵义的时候能见他一面，没料到搭乘的运货汽车随处'抛锚'，到遵义却一冲而过，没有停留。直到1944 年的秋天，我又从成都去重庆，那时候子恺兄已经搬到重庆住在沙坪

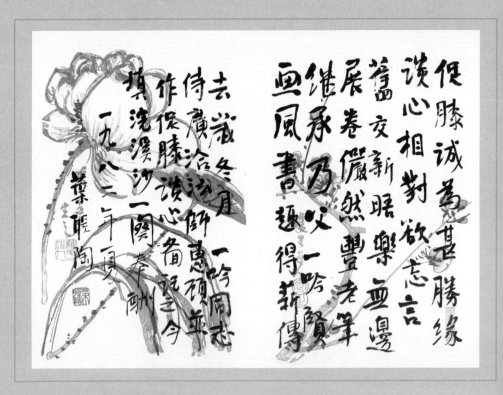

　　"促膝诚为甚胜缘，谈心相对欲忘言，
旧交新晤乐无边，展卷俨然丰老笔，继承
乃父一吟贤，画风书趣得薪传。"叶圣陶写
给丰子恺幼女丰一吟的一阕《浣溪沙》。

坝了，他听说我到了，特地进城来看我。七年不相见，他须发都花白了，但是精神挺好，六天以后我去沙坪坝，贺昌群兄陪我去看他。"

1944 年秋，丰子恺与叶圣陶在重庆见面了。叶圣陶在 9 月 12 日的日记中记录了他与贺昌群一同去看望丰子恺的情形：

> 途中望四山俱为云封，似雨意郁不得开。……小径泥泞，颇不易走。望见一小屋，一树芭蕉，鸽箱悬于屋檐，知此是矣。入门，子恺方偃卧看书，其子女见客至，皆欢然。闲谈之顷，阳光微露，晚晴之际访旧，似别有情趣。傍晚饮酒，子恺意兴奋，斟酒甚勤。余闻子恺所藏留声机片有一昆曲片……开机而共听之。……自昆曲转而谈宗教，谈艺术，谈人生，意兴飙举，语各如泉，酒亦屡增。三人竟尽四瓶，子恺有醉意矣。共谓如此良会不易得，一夕欢畅，如获十年之聚首。余知子恺有寂寞之感矣。

叶圣陶笔下老友相聚的境、景、意、情，历历在目，读了这段文字怎不让人感动落泪。叶圣陶接着说："那天是 9 月 12 日。以后在成都，在上海，在北京，跟子恺兄有多次会面，但是印象都不及那一次的深。"此等"意兴奋，语如泉，酒屡增。人有醉。良宵会挚友、雅曲伴好酒"的他乡遇知己的况味，当然是印象深刻，终身难忘，不只是叶圣陶，丰子恺也是一样。次年 6 月，开明书店在重庆召开工作会议，丰子恺知道叶圣陶一定会来，他十分期待，在给友人的信中写道："我前日入城，为开明书店开设计会。叶绍钧由成都来到会……开会，无非是商量些生意经，我很不感兴趣，趁此机会同叶君见见而已。"可见丰子恺对叶圣陶有特殊的感情，丰子恺把设计会视作难得的与老友的聚会机会。

据丰子恺弟子胡治钧回忆：

1947年旧历9月26日是丰子恺先生的五十虚岁诞辰，叶圣陶等开明书店同人，闻知丰先生五十寿辰，在上海发起一个为丰氏贺寿活动。这个活动可说是简单朴素，又是风雅别致。朋友中有作诗的，有填词的，也有随便说几句恰如其分的祝词，各人把自己的作品，亲笔写在一本装裱精致的册页折子上。写齐之后寄给在杭州的丰子恺先生。这份礼物确也别出心裁，是一件可贵的纪念物。我见过这本折子，并抄录了几则，记得叶圣陶的贺诗：

声名周海内，啸傲对西湖。
何以为君寿，吟诗博上娱，
崇佛情非佞，爱人德不孤。
巴山怀昔醉，此乐欲重图。

诗中叶圣陶还念念不忘重庆的那次"三人竟尽四瓶，子恺有醉意矣"的聚会，真想再能有一次与子恺畅饮的欢乐。

1949年初，叶圣陶知道丰子恺结束了台湾的行程正在厦门，他去信厦门，劝丰子恺趁早北返江南。丰子恺为叶圣陶真情所动，他曾对长女丰陈宝讲过，他虽然喜欢南国四季如春的天气，但更怀念江南四季有别，春红秋艳的富有诗情画意的天时地利。原本就有重回江南之意，这时便决定与家属回上海。

1949 年之后，叶圣陶担任人民教育出版社社长时，他希望丰子恺把苏联的音乐美术教育法多介绍些进来，为此，丰子恺努力学习俄文，与小女丰一吟合译了《中小学图画教育法》《音乐的基本知识》等不少的教育参考书。

"文革"中叶圣陶一直牵挂着丰子恺，为老友的安危担心，1973 年初夏，上面组织一部分民主人士赴华东参观，叶圣陶亦在其中。他便提出要去看望周予同、巴金和丰子恺三位，但遗憾的是，接待方以"文艺界的情况太复杂"为由拒绝了，叶圣陶终于没有再见到丰子恺一面。丰子恺逝世后，叶圣陶曾写过一首缅怀诗。诗曰：

> 故交又复一人逝，潇洒风神永忆渠。
>
> 漫画初探招共酌，新篇细校得先娱。
>
> 深杯剪烛沙坪坝，野店投书遵义庐。
>
> 十载所希归怅恨，再谋一面终成虚。

全诗回顾了叶圣陶与丰子恺友谊的历程，写尽了对老友的不绝思念，写尽了痛失老友的怅恨悲痛，读来让人动容！

当春回神州大地时，叶圣陶又为老友之事忙碌起来。1985 年缘缘堂重建落成，年逾九十的他为丰子恺故居题名；1992 年为丰子恺女儿丰陈宝、丰一吟编的《丰子恺文集》扉页题签，并写序。叶圣陶在《序》中说："抗战爆发，我与子恺兄同其心情，同其命运，我们都离开了故乡。我带了一家老小告别了苏州青石的新居，不作得以回去的打算；他带了一家老小告别了石门湾的缘缘堂，也不打算得以回去。我进了四川，从重庆搬到乐山，又搬到成都；他先到江西，又经湖南绕道广西，进入贵州，最后也到了四川。他走的路比我多，所受的辛苦比我多。我知道在那个伟大的时代，他不会斤斤计较个人的遭遇的，但是作为他的朋友，要不对他朝思暮想那是办不到的。"叶圣陶的这段肺腑之言，告诉大家他们两人友情的真谛：什么是"丰润叶锦永芬芳"。

[宋雪君]

遍地干戈在，迎春酒不香。

诗情画《忆》丰柳燕

俞平伯（一九〇〇—一九九〇），散文家、红学家。毕业于北京大学，后在燕京大学、北京大学、清华大学任教，与胡适并称『新红学派』创始人。新文学运动初期与朱自清等人创办《诗》月刊，提倡『诗的平民化』，是中国白话诗创作的先驱。

著名美学家朱光潜评价丰子恺说，"子恺从顶至踵是一个艺术家，他的胸襟，他的言动笑貌，全都是艺术的。"

丰子恺是一位从头到脚，浑身都充满艺术细胞的艺术大家，他的笔名却是出奇得少，除了专用在《护生画集》创作中的外，只有丰子恺（子恺）和 TK（丰子恺名字的威氏拼音法为 Fong，Tse Ka）两种。

大家有所不知的是丰子恺曾得到过三个号：一是雅号"三湾先生"。1930 年春丰子恺在故乡为母亲守孝期满后，全家迁到嘉兴杨柳湾，他曾说："故乡石门湾、工作在江湾、暂寓杨柳湾，平生与湾有缘。"时人称他"三湾先生"。第二是浑号"三不先生"，即不教书、不讲演、不赴宴。丰子恺一向厌恶出席无聊的宴会，他曾作《宴会之苦》，表明"生怕宴会之苦"，希望"今生永不参加宴会"，于是有人根据丰子恺当时在杭州的生活特点，写文章称他"三不先生"。第三是徽号"丰柳燕"，赠送他这个

星河界里星河转

俞平伯曾赠给丰子恺一个徽号："丰柳燕"，因为他发现在丰子恺的漫画中，柳树和燕子的出现频率很高。有人曾把"丰柳燕"谐音为"风流矣"。

徽号的不是别人，就是俞平伯。

俞平伯十分喜爱丰子恺的漫画，他看过许多丰子恺的漫画，发现在丰子恺的漫画里，柳树和燕子出现的频率很高，而且画得特别生气盎然，活泼的柳条风中舞，轻盈的燕子语呢喃，有声有色有意有境，于是俞平伯就送了丰子恺这个"丰柳燕"的徽号，"丰柳燕"真是个风雅至极、充满诗情画意的徽号。有人用谐音把"丰柳燕"读成"风流矣"，好有趣味！就凭这"丰柳燕"三字，足可见俞平伯真是丰子恺的一位嘉友知音。

俞平伯是散文家、红学家，新文学运动初期的诗人，中国白话诗创作的先驱者之一。清代朴学大师俞樾曾孙。与胡适并称"新红学派"的创始人。他1900年出生，浙江湖州德清人，比丰子恺小两岁，湖州与丰子恺故乡桐乡毗邻，两人又有同乡之谊。在一般读者的心目中，俞平伯是个严谨的学者与红学家。其实，他在青年时代不仅是一位对新诗创作有过特别贡献的诗人，而且写过许多童心洋溢的儿童诗。长期以来人们并不清楚，俞平伯的新诗集《忆》是我国第一部描写儿童生活的诗集，是俞平伯成年后追忆往昔、捕捉童趣的一系列诗作，足可与胡适第一部白话新诗集《尝试集》相提并论。《忆》其实已是俞平伯的第三本新诗集，1925年12月由北京朴社出版后，马上得到了"双美"之誉，所谓"双美"即书的内容和书的装帧兼美。

当时北京朴社在出版《忆》时曾刊出广告介绍："这是他（俞平伯）回忆幼年时代的诗篇，共三十六篇。仙境似的灵妙，芳春似的清丽，由丰子恺先生吟咏诗意，作为画题，成五彩图十八幅，附在篇中。后有朱佩弦（朱自清）先生的跋。他的散文是谁都爱悦的。全书由作者自书，连史纸影印，丝线装订，封面图案是孙福熙先生手笔。这样无美不备，洵可

/ 69 /

　　俞平伯先生的《忆》是我国第一部反映儿童生活的新诗集。书中所附的插图是较为稀见的丰子恺早期画作。这个偶然的开端，开启了丰子恺在作品中追求纯真、以儿童为主要内容的新阶段。

谓艺术的出版物。先不说内容，光是这样的装帧，在新文学史上也是不多见的。"

这虽说是广告，但倒是实话实说，绝不是溢美之词。俞平伯的诗，丰子恺的画，朱自清写的跋，全书均由作者毛笔手书，这的确是新文学史、出版史上的艺术珍品。更难得的是，《忆》是一部描写儿童生活的诗集，这更是现代儿童文学史上的艺术珍品，堪称诗、书、画三绝！

书中附有丰子恺所作的彩墨插图十八幅，这是较为稀见的丰子恺早期画作，除契合俞平伯回忆童年生活的诗作以外，还显示了丰子恺画作趣雅和童真的一面。连周作人也大加褒扬，他在《〈忆〉的装订》中写道："《忆》里边有丰子恺君的插画十八幅，这种插画在中国也是不常见的……""这诗集的装订都是很好的"，"从春台借了《忆》来看的第二天，便跑到青云阁去买了一本来，因为我很喜欢这本小诗集"。

丰子恺用他的生花妙笔使俞平伯的诗句活泼灵动了起来，使文字有了质感，有了童心的温度，有了人间情味，丰子恺的画居然能把从糖粥小贩嘴里喊出来的"桂花白糖粥"那五个字，变成画中黏糊糊洒下的粥粒！那种粥粒的黏稠和糖滴的甜蜜，把"桂花白糖粥"化作了眼中景，舌尖味，心中情。此诗此画契配得如此妙不可言，真如朱自清所赞：实在是"双美"的杰作，"我们不但能用我们的心眼看见平伯的梦，更能用我们的肉眼看见那些梦"。这正是丰子恺与俞平伯诗情画《忆》的缘！

差不多在俞平伯的新诗集《忆》出版的同时，1925 年 12 月《子恺漫画》也出版了。俞平伯的《忆》是丰子恺画的插图，丰子恺的《子恺漫画》正是俞平伯写的跋，两位大师的文墨之缘可见一斑。

俞平伯在跋中写道："听说您的'漫画'要结集起来和世人相见，这是可欢喜的事。嘱我作序……我不曾见过您，但是仿佛认识您的，我早已有缘拜识您那微妙的心灵了。子恺君！您的轮廓于我是朦胧的，而您的心影我却是透熟的。"

都是忆中童心人，有缘何必曾相识，他们真算得上是一对"神交"的朋友。在跋文中俞平伯还说了一句对丰子恺画作的经典评价："一片片的落英都含蓄着人间的情味，那便是我看了《子恺漫画》所感。"俞平伯的跋文，言辞真切，情感真挚，不仅是对子恺漫画的赞美，也是对子恺漫画艺术的深刻诠释，对于子恺漫画在社会上的普及推广起到了积极的作用。

其实，丰子恺与俞平伯的友谊缘起于1924年春，为访好友朱自清，俞平伯曾到过白马湖畔，还应夏丏尊之请，给春晖中学师生做了题为《诗的方便》的讲演。其间，俞平伯还与朱自清等人商定办一个不定期刊物：在哪一个月出版，就叫《我们的×月》，这就有了《我们的七月》（1924）与《我们的六月》（1925）的面世。俞平伯此回到白马湖很遗憾没能见到丰子

恺，据说那段时间丰子恺正好在外地。俞平伯将离开白马湖的时候，为了让他留下美好的记忆，夏丏尊特意送给他一匣由丰子恺设计作图的春晖信纸。这一匣春晖信纸竟然让俞平伯与丰子恺结下了不解之缘。

朱自清请丰子恺为《我们的七月》设计了个封面，又把他的漫画《人散后，一钩新月天如水》发表在刊物上。这可说是丰子恺正式发表的漫画作品，也

是他的成名之作。清朗的画面、舒朗的线条、悠长隽永的意境，凸显了丰子恺漫画诗一般的风格魅力。郑振铎看到这幅漫画后，对画作及其作者产生了莫大的兴趣。便通过胡愈之向丰子恺约稿，并陆续发表在《文学周报》上。郑振铎给这些画冠以"漫画"的题头，名曰《子恺漫画》，从此中国始有"漫画"这一名称，后来郑振铎又将这些漫画结集成《子恺漫画》出版。当时俞平伯恐怕未曾想到，在他与朱自清创办的《我们的七月》里走出了中国漫画第一人，因为《我们的七月》刊登了《人散后，一钩新月天如水》，继而才有了《文学周报》上系列刊载的丰子恺漫画，再后就有了结集出版的《子恺漫画》和俞平伯写的跋文，从俞平伯开始又回到俞平伯，走了一个圆，一个"缘"的圆。

在以后漫长的岁月里，俞平伯与丰子恺只在他们的晚年才在北京的文代会上见过一次面。历经沧桑后，白头相见京城的两位老人此时才把"神交"变成一次相拥相抱和握手畅叙。俞平伯晚年还与丰子恺的女儿丰一吟保持通信联系，对他与丰子恺的这些有缘往事记忆犹新，八十三岁的他在信中用规整的毛笔字写道："小诗集《忆》，承宠赐插图，多费螺黛而声价倍增，至今感纫。"还说，丰子恺的"漫画久已驰名寰宇，而我是早岁致赏之一人"。丰子恺与俞平伯两人的文墨之缘就像俞平伯赞美丰子恺的漫画那样，是一片片的落英都含蓄着人间的情味……

［吴　达］

郑振铎是文学研究会的主要发起人，力倡"血与泪的文学"，为现实主义文学主潮推波助澜。1925年，郑振铎以"子恺漫画"为题头，在其主编的《文学周报》上刊发丰子恺的系列画作，"漫画"这一艺术形式由此而来。

漫画结缘深　湖畔夜饮时

郑振铎（一八九八—一九五八），作家、文学评论家、文学史家、翻译家、艺术史家、社会活动家、收藏家。一九一九年参加五四运动并开始发表作品。一九四九年后任中国作家协会理事、文物局局长、中国科学院学部委员、文化部副部长等职。

　　郑振铎与丰子恺同年，一位作家一位画家，在他们二十七岁的时候，是漫画拉近了他们的距离。丰子恺与郑振铎的交往始于郑振铎和茅盾等发起组织的文学研究会，这朋友一交就是数十年。

　　1925 年，在郑振铎主编的《文学周报》上出现了多幅署名 TK 的生活小画作，这些画造型简括，画风朴实，充满哲理和生活情趣，郑振铎还特意加上了"子恺漫画"的题头。尽管"漫画"二字是日本最初创用，但在中国，丰子恺的漫画恐怕是第一批了。

　　随着画作的不断发表，郑振铎对丰子恺漫画越来越感兴趣，他曾说：

　　　　我先与子恺的作品认识，以后才认识他自己。第一次的见面，是在《我们的七月》上。他的一幅漫画《人散后，一钩新月天如水》立刻引起我的注意。

虽然是疏朗的几笔墨痕，画着一道卷上的芦帘，一个放在廊边的小桌，桌上是一把壶，几个杯，天上是一钩新月，我的情思却被他带到一个诗的仙境，我的心上感到一种说不出的美感，这时所得的印象，较之我读那首《千秋岁》(谢无逸作，咏夏景)为尤深。实在的，子恺不惟复写那首古词的情调而已，直已把它化成一幅更足迷人的仙境图了。从那时起，我记下了"子恺"的名字。

当时《文学周报》正好需要插图，于是郑振铎一次又一次地向丰子恺要画，他将这些画放在一起欣赏，越看越有味，竟能暂忘现实的苦闷生活。

终于有一天两人相约见面。在郑振铎的印象里，丰子恺面貌清秀而恳挚，态度很谦恭，不会说什么客套话，常常讷讷的，问一句才质朴地答一句。虽然他们没谈很多话，但郑振铎相信，他们都已经深切地互相认识了。

插图越画越多，刊物越来越受读者欢迎，《文学周报》社索性计划为丰子恺出版一本漫画集。一天，郑振铎约了叶圣陶、胡愈之几位同事到江湾立达学园去看画。丰子恺将他的漫画一幅幅立在玻璃窗格上、桌子上向大家展示，一幅幅妙趣横生的漫画是那么谐和美好，编辑们被惊艳到了，就像一群孩子进了一家无所不有的玩具店，只觉得目眩五色，什么都是好的。此时学园里许多同事与学生都跑进来看，在这个小小的"画展"里，充满了亲切、喜悦与满足的空气。郑振铎称"我不曾见过比这个更有趣的一个展览会"。当郑振铎手里夹着一大捆子恺的漫画回家时，"心里感着一种新鲜的如占领了一块新地般的愉悦"。之后这些画作再次由叶圣陶、沈雁冰筛选，他们几乎选中了所有的画。1925年12月，《子恺漫画》如期出版，这是丰子恺最早问世的漫画集。为画集作序者阵容庞大，有郑振铎、夏丏尊、丁衍镛、朱自清、方光焘、刘薰宇，俞平伯写跋。

1948年时丰子恺全家租住在西湖边招贤寺旁的"湖畔小屋"。郑振铎先生来访，便一同豪饮畅谈。

"我们再吃酒！"

"好，不要什么菜蔬。"

说不要菜蔬，女仆还是端来了酱鸭、酱肉、皮蛋和花生米，放在收音机旁的方桌上。更好的菜蔬还有，那就是方桌上方贴着丰子恺抄写的数学家苏步青的诗：

> 草草杯盘共一欢，莫因柴米话辛酸。
>
> 春风已绿门前草，且耐余寒放眼看。

有了这诗，酒味更加好，在丰子恺看来，觉得世间最好的酒肴，莫如诗句。然而另外还有一种美味的酒肴，那就是阔别十年后的话旧。

虽然在两人见面前刚刚各自饮过一斤黄酒，现在是添酒回灯重开宴。八年离乱身经浩劫，郑振铎沦陷在孤岛上，丰子恺携全家奔走于万水千山中……他们谈到二十余年前郑振铎在宝山路商务印书馆当编辑、丰子恺在江湾立达学园教课时的事，可惊可喜、可歌可泣，越谈越多。谈到酒酣耳热的时候，话声都变了呼号叫啸，把睡在隔壁房间里的人都惊醒了。

那天晚上郑振铎见到了《子恺漫画》里的三个主角：阿宝、软软和瞻瞻，而《花生米不满足》《瞻瞻新官人，软软新娘子，宝姐姐做媒人》《阿宝两只脚，凳子四只脚》等画，都是二十三年前郑振铎从丰子恺家的墙壁上揭去，制了锌板在《文学周报》上发表的。"昔别君未婚，儿女忽成行"，

掩鼻人间臭腐场，古来惟有酒偏
香（左） 酒酣耳热（右）

岁月蹉跎，彼此感叹不已。

兴奋之余他们还回忆起了二十余年前的一件趣事：有一次丰子恺和郑振铎在上海南京路吃西菜，郑振铎没带钱，丰子恺立即掏出五元钱买单。过了一天郑振铎到江湾去看丰子恺，摸出一张拾元——而不是五元——说是要还钱，推搡之间立达同事刘薰宇抢了这张钞票去，号召了夏丏尊、匡互生、方光焘等七八个人到新江湾小店里去吃酒，吃完这张拾元钞票时，大家都已烂醉。

回忆此情此景，历历在目，两人共叹夏先生和匡互生均已作古，其他几位远在他方，只有他们能在西湖边共饮，真是人世难得之事！夜阑饮散，春雨绵绵，郑振铎撑着丰子恺借给他的伞在细雨中沿着湖畔柳荫渐渐远去，丰子恺却在幽默地想："他明天不要拿两把伞来还我！"

这场湖边话旧带给两位文人更深的友谊，丰子恺感叹于此，写下了传世美篇《湖畔夜饮》。

1958 年郑振铎因飞机失事不幸遇难，丰子恺悲叹"尸骨不返，殊可哀悼"。半个多世纪之后，在上海青浦福寿园，不知有心还是无意，两位文人的衣冠冢紧紧相邻，天上的"湖畔夜饮"还在继续。

[杨朝婴]

夏丏尊是中国最早提倡语文教育革新的人。他和叶圣陶共同写作的语言知识读写故事《文心》，被誉为"在国文教学上划了一个时代"。丰子恺的散文创作深受其影响。

夏丏尊（一八八六—一九四六），教育家、文学家、出版家和翻译家，是最早提倡语文教学的革新者。曾任浙江省立第一师范学校、浙江上虞春晖中学教员等。译著有意大利作家亚米契斯的《爱的教育》等，一九三○年主编《中学生》杂志。

夏丏尊

爸妈教育都是爱

李叔同和夏丏尊是丰子恺在浙江省第一师范学校读书时的两位老师。丰子恺对这两位老师有一个十分形象的比喻，他说："夏先生与李先生对学生的态度，完全不同。而学生对他们的敬爱，则完全相同。这两位导师，如同父母一样。李先生的是'爸爸的教育'，夏先生的是'妈妈的教育'。"而夏丏尊先生又是这样评价李叔同先生的："李先生教图画、音乐，学生对图画、音乐，看得比国文、数学等更重。这是有人格作背景的原故。因为他教图画、音乐，而他所懂得的不仅是图画、音乐；他的诗文比国文先生的更好，他的书法比习字先生的更好，他的英文比英文先生的更好……这好比一尊佛像，有后光，故能令人敬仰。"

学生们尊重、敬仰李叔同先生，还有一个重要原因，那就是他做事的认真。正是由于这种认真，李先生做一样，像一样。

李先生上课极其认真，他一个小时的课程，完全是按照每一分钟来安排和备课的，所以备课花费了他很多时间。而且他的每一节课，凡是必须在黑板上写出的内容，他都预先全部都写好了。黑板也是特制的双重黑板，用完一块，把它推开，再用已经预先写好的第二块。上课铃还没有响起时，李先生早已经端坐在讲坛上了，因此学生上李先生的图画课和音乐课是决不敢迟到的。上课铃未响起，先生学生就已到齐，听到铃声一响，李先生站起来一个鞠躬，就开始上课了。上音乐课时，每个学生都要"还琴"，如果学生弹错了，李先生就看你一眼，轻轻说一声："下次再还。"有时他并不说，学生吃了他这一眼，就自己请求下次再还了。李先生话不多，说话时也总是和颜悦色的，但学生们都尊重他，敬畏他。这就是"爸爸的教育"的魅力：严肃而又极其认真。

至于"妈妈的教育"，丰子恺在《悼丏师》一文中这样回忆：

夏先生初任舍监，后来教国文。但他也是博学多能，只除不弄音乐以外，其他诗文、绘画（鉴赏）、金石、书法、理学、佛典，以至外国文、科学等，他都懂得。因此能和李先生交游，因此能得学生的心悦诚服。

他当舍监的时候，学生们私下给他起个诨名，叫夏木瓜。但这并非恶意，却是好心。因为他对学生如对子女，率直开导，不用敷衍、欺蒙、压迫等手段。学生们最初觉得忠言逆耳，看见他的头大而圆，就给他起这个诨名。但后来大家都知道夏先生是真爱我们，这绰号就变成了爱称而沿用下去。凡学生有所请愿，大家都说："同夏木瓜讲，这才成功。"他听到请愿，也许喑呜叱咤地骂你一顿，但如果你的请愿合乎情理，他就当作自己的请愿，而替你设法了。

夏先生与同学相处毫不矜持，有话就直说。学生也是嬉皮笑脸地同他亲近。放假学生出校门，夏先生看见便会叮嘱他们："早点回来，勿可吃酒啊！"学生们也都笑着连说："不吃，不吃！"同时加快脚步走路。待走得远了，夏先生还要追着关照："铜钿少用些！"学生一方面笑他，一方面实在感激他，敬爱他。

夏丏尊先生在浙江第一师范学校教国文，也就是现在称为语文的课程。那时五四运动将近，学生却还没有摆脱八股文的影响，学校的教学也是老套套，作文题大都是《黄花主人致无肠公子书》之类的空话，其实也就是"菊花写信给螃蟹"那种无聊的文字。夏先生主张改革，他要求学生写一篇"自述"，并特别关照不许讲空话，要老老实实写。但有的学生

丰子恺画舍监夏丏尊

仍然不能抛却以前所受教育的影响，如一位同学写父亲死后他去奔丧，仍套用"星夜匍匐奔丧"等句子，夏先生在分析作文时苦笑着问："你那天晚上真个是在地上爬去的？"引得教室里哄堂大笑。对于夏先生这种积极的革新主张，同学们感到新奇与懵懂，同时对夏先生的改革魄力深感佩服，而丰子恺却迅速领悟到，原来写文章不一定要因循守旧，完全可以抛弃八股文的写作方式，想到什么，就可以如实地真情地写出来。

从此，在夏丏尊先生几乎可以说是手把手的指导与帮助下，丰子恺毫无顾忌地发挥他的写作才能，他的散文集《缘缘堂随笔》，就是受到了夏先生这次大胆革新的影响而诞生的。丰子恺在《旧话》一文中就有过这样的描述：

> 夏先生常指示我读什么书，或拿含有好文章的书给我看，在我最感受用。他看了我的文章，有时皱着眉头叫道："这文章有毛病呢！""这文章不是这样做的！"有时微笑点头而说道："文章好呀……"我的文章完全是在他这种话下练习起来。

后来，直到丰子恺的随笔创作炉火纯青之时，每当他写完一篇文章，还是会情不自禁地想道："不知这篇东西夏先生看了怎么说。"

丰子恺在绘画创作和随笔写作上取得了成就，就是因为受到了李叔同的"爸爸的教育"和夏丏尊的"妈妈的教育"，也许这就是一种缘分：假如丰先生没有选择浙江第一师范学校，就不会遇见李叔同先生，也就不一定会去学画；也不会遇见夏丏尊先生，不一定会去学习随笔写作。

[马永飞]

《爱的教育》爱一生

1922年秋，丰子恺应夏丏尊先生的邀请，来到浙江上虞白马湖畔的春晖中学执教。在这山明水秀的环境里，聚集了一群优秀作家。就像朱光潜先生所说的那样，他们这群人，意趣相投，志同道合，没有"文人相轻"，而是"文人相敬"，他们的友情比白马湖的水还要深，还要醇。在这样的环境下，他们创作出了许多好作品。

当时，教师们都住在春晖中学旁的白马湖畔，几家贴邻，互相往来都十分方便。丰先生的"小杨柳屋"隔壁就是夏先生的"平屋"，所以他们经常在一起饮酒、谈心、聊天。夏先生热情好客，时常是满屋子都响彻着他那爽朗的笑声。有时又聚集到丰先生的小杨柳屋，买来的一坛坛绍兴酒都是大家轮流开坛的，据说开了一坛那是必定要喝完的。喝着绍兴酒，看着丰子恺"像骰子一样的"小门厅四壁贴着的小画，夏丏尊提高了嗓门："好！好！再画！再画！"在当时，这些小画还没有冠上"子恺漫画"的名头，中国也没有"漫画"这个名词、这个称呼。在春晖中学漫长的校务会议时，丰先生不去静听人家发言，却仔细观察那些或垂头拱手或趴伏桌上的同事们倦怠的姿势，直至校务会议散会，回到家里就随手用毛笔把这些人的姿态一一画出来。夏先生看着非常喜爱，便邀请丰先生为他的译作《爱的教育》配插图。

冯三味

匡互生

朱自清

夏丏尊

刘薰宇

丰子恺

丰子恺为春晖中学同仁画的小像

　　由夏丏尊先生来翻译《爱的教育》，是极其恰当的，因为夏先生是个多愁善感的人。丰先生说他看见世间的一切不快、不安、不真、不善、不美的状态，都要皱眉，叹气。他不但忧自家，又忧友，忧校，忧店，忧国，忧世。夏丏尊先生对于教育，却是倾心投入，对于学生，是真心相爱，因此可以说他是以自己的一生，来践行"爱的教育"的理想。早在浙江第一师范学校兼任舍监一职时，他每天清晨起床铃一响就来到学生宿舍，把喜欢睡懒觉的学生一一叫起；晚上熄灯后再到学生宿舍一遍遍查看。有时学生在点名熄灯后溜出校门玩耍，他知道后并不加责罚，而是恳切地劝导，一次两次不见效，他会待在宿舍守候这个学生，无论多晚都守候着。等见到了学生，他仍不加以任何责罚，只是更加苦口婆心地劝导，直到这个学生心悦诚服，真心悔过。几年以后，学生们在夏老师的督促下都养成了良好的生活习惯。

怀着对待学生这样的爱，这样的满腔热情，夏丏尊开始翻译《爱的教育》。他自己写道：

> 四年前始得此书的日译，记得曾流了泪三日夜读毕，就是后来的翻译或随便阅读时，还深深地感到刺激，不觉眼睛润湿。这不是悲哀的眼泪，乃是惭愧和感激的眼泪。除了人的资格以外，我在家中早已是二子二女的父亲，在教育界是执过十余年的教鞭的老师。平日为人为父为师的态度，读了这本好书好像丑女见了美人，自己难堪起来，不觉惭愧流了泪。书中叙述亲子之爱，师生之情，朋友之谊，乡国之感，社会之同情，都已近于理想的世界，虽是幻影，使人读了觉到理想世界的情味，以为世间要如此才好。于是不觉就感激了流泪。

夏丏尊翻译《爱的教育》，是参考日语和英语两个版本翻译的。这是一部日记体小说，由九十一篇日记和九篇教师的"每月例话"组成，每译完一篇，同事刘薰宇、朱自清等都来争当第一读者，而夏丏尊总是叮嘱他们"务尽校正之劳"。最后轮到的是丰子恺，他边读边思考怎样完成夏老师布置的任务——为译作配上合适的插图、画一幅意大利原书作者亚米契斯的肖像，以及设计绘制封面。《爱的教育》先是在《东方杂志》上连载，再由商务印书馆出单行本。图书出版后，夏丏尊先生兴致勃勃地赶到商务印书馆的门市部去购买，却被营业员告知：没有！我们这儿书多得很，谁知道！一气之下，夏丏尊与商务印书馆解除出版合约，改由开明书店出版。

当时开明书店刚刚成立不久，《爱的教育》这本书可说是书店出版的第一批图书之一。这本书是由书店老板章锡琛先生亲自校对的。在校对过程中，章锡琛也大受此书感染。他在"校毕赘言"中这样写道："夏先生说曾把这书流了泪三日夜读毕，翻译的时候也常常流泪，我知道这话是十分真确的。就是我在校对的时候，也流了不少次的泪；像夏先生这样感情丰富的人，他所流的泪当然要比我多。他说他的流泪是为了惭愧自己为父为师的态度。然而凡是和夏先生相接，受到夏先生的教育的人，没有一人不深深地受他的感动，而他自己还总觉得惭愧；像我这样不及夏先生的人，读了这书又该惭愧到什么地步呢？"

《爱的教育》为开明书店开了一个好头，一改先前在商务印书馆出版后无声无息的态势，一版再版，一直印到数十版仍在热销，几乎可以说既是畅销书又是常销书，它为开明书店的进一步发展积累了资金，也给老板章锡琛和其他参与的同仁增强了信心。也不奇怪，因为夏丏尊是倾注了他一生的爱，给教育，给《爱的教育》。

[马永飞]

应忆当年湖上娱

朱自清（一八九八—一九四八），散文家、诗人、学者，一九一六年考入北京大学预科，一九一九年起发表诗歌，一九三一年留学英国，后又漫游欧洲五国，出版《欧游杂记》等。回国后任清华大学中国文学系主任。散文作品有《背影》《荷塘月色》等。

　　兄弟在北京时，经亨颐校长时常和我谈起春晖中学底情形，原早想来看看。此次回到故乡，又承五中沈校长邀同来此，今日得和诸位相会，非常欢喜。到了这里，觉得一切都好，所可说的只有羡慕诸君的话。我所羡慕诸君的有三：一是羡慕诸君有中学校可入，二是羡慕诸君所入的中学校是个私人创立的学校，三是羡慕诸君所入的学校有这样的好环境。

以上是 1923 年蔡元培先生在访春晖中学时的开场白。其实，除了蔡元培先生的"羡慕有三"，应该还有一项羡慕，那就是春晖中学在全国都属于第一流的师资：夏丏尊、朱自清、朱光潜、丰子恺、匡互生、刘薰宇、张孟闻、范寿康等先后在这里执教，黄炎培、胡愈之、何香凝、俞平伯、柳亚子、陈望道、张闻天、黄宾虹、叶圣陶等曾到这里考察、讲学。在绍兴上虞这个偏远的当今中国的年轻读者，有谁不是读着朱自清的文章长大的。《荷塘月色》和《背影》是各地语文课本里的名篇。朱自清和丰子恺是上虞春晖中学的同事，也是私交甚笃的好友。

一角，正是因为有了这些一流的教师，以及白马湖数一数二的教学环境，才有了"北有南开，南有春晖"这样的美誉。

在春晖中学，朱自清与夏丏尊和丰子恺几家是住在一起的。朱自清全家搬来后就住在刘薰宇以前盖的小屋里，和夏丏尊毗邻，两家的前院只隔一堵矮墙，夏丏尊住处称"平屋"，再隔壁就是丰子恺的"小杨柳屋"。他们的大门面对白马湖，但湖口被两面的山色包住了，外面只见些微湖水，远处湖对岸隐约可见一条铁路，不时有火车拖曳着白烟开过。住处背后就是象山，风景无比优美。朱自清先生在散文《春晖的一月》中有一段诗情画意的描述：

> 山的容光被云雾遮了一半，仿佛淡装的姑娘。但三面映照起来，也就青得可以了，映在湖里，白马湖里，接着水光，却另有一番妙景。我右手是小湖，左手是个大湖。湖有这么大，使我自己觉得小了。湖在山的趾边，山在湖的唇边；他俩这样亲密，湖将山全吞下去了。吞的是青的，吐的是绿的，那软软的绿呀，绿的是一片，绿的却不安于一片；它无端地皱起来了。如絮的微痕，界出无数片的绿；闪闪闪闪的，像好看的眼睛……真觉物我双忘了。

朱自清先生在另一篇散文《白马湖》中还有一段精彩的描述：

> 白马湖最好的时候是黄昏。湖上的山笼着一层青色的薄雾，在水里映着参差的模糊的影子。水光微微地暗淡，像是一面古铜镜。轻风吹来，有一两缕波纹，但随即便平静了。天上偶见几只归鸟，

我们看着它们越飞越远，直到不见为止，这个时候便是我们喝酒的时候。我们说话很少，上了灯才多些，但大家都已微有醉意，是该回家的时候了。若有月光，也许还得徘徊一会。若是黑夜，便在暗里摸索、醉着回去。

关于朱自清所说的"若有月光，也许还得徘徊一会。若是黑夜，便在暗里摸索、醉着回去"，丰子恺是这样描述这种经历的：沿着湖边小路回家，有时绍兴酒喝得多有点晕，但意识却是清醒的，一个个就会歪着走路，是向着陆地一边歪，这样即便滑倒了也不至于落在湖里。

白马湖美，春晖中学的教学环境更是一流。丰子恺在春晖中学教音乐与绘画两门课程。当时的春晖有一座带有四个大教室的"仰山楼"，其中有两个又大又敞亮的教室，这是美术教室和音乐教室，丰先生在这里教学生音乐与绘画。他教学生画石膏像，教学生互为模特儿写生画素描。丰先生并不是把学生们禁锢在教室里。他时常带领学生到乡间写生，感受自然风光的美好，白马湖畔，到处留下了他们的足迹。

春晖中学还成就了子恺漫画的诞生。丰子恺的代表作《人散后，一钩新月天如水》就是在春晖中学时创作的。画中疏疏朗朗的笔画，一道道卷起的竹帘，一把茶壶几个茶杯，一钩新月和一抹月光，一切都沉浸在静谧的银辉下，描绘出好友相聚后的情境。朱自清非常欣赏这幅作品，就把它收录在自己主编的《我们的七月》中。这是丰子恺公开发表的第一幅作品。郑振铎见到了，辗转找到丰子恺，从此，署名"TK"的画便经常出现在郑振铎主编的《文学周报》上。郑振铎把这些画作冠以"漫画"两字，从此，中国就有了"漫画"这个名称。

在春晖中学，朱自清先生教的是国文，而他更注重学生的思想教育。朱自清的教学理念与校长经亨颐先生如出一辙。经亨颐认为："什么是人格？人格是做人的格式。"朱自清认为，教育有改善人心的使命，如果学校太重视学业，忽略了做人，学校就成了学店，教育就成了跛的教育。在这一思想引导下，春晖中学一反"师道尊严"的老传统，要求学生克服见了老师就"矫情饰伪"的毛病，提倡做人的"纯正的趣味"。无论遇到什么问题，朱自清都是和学生平等地讨论解决。

有一次，朱自清的学生王福茂写了篇作文，题目是《可笑的朱先生》。文章写道：

> 他是一个肥而且矮的先生，他的脸带着微微的黄色，头发却比黑炭更黑。近右额的地方有个圆圆的疮疤，黄黄的显出在黑发中；一对黑黑的眉毛好像两把大刀搁在他微凹的眼睫上……他的耳圈不知为何，时常同玫瑰色一样。当他在黑板上写字的时候，看了他的后脑，似乎他又肥胖了一半。最可笑的，就是他每次退课的时候，总是煞有介事地从讲台上大踏步的跨下去，走路也很有点滑稽的态度。

朱自清在批改这篇作文时画了许多圈，并在课堂上读给大家听。他说，我平时教大家怎样写作，王福茂给大家一个榜样，这就是描写人要让人读后如见其人，最好还应如临其境，如闻其声……

课余时间，丰子恺有时会去朱自清家闲聊。朱自清的孩子们跑进跑出地玩耍。桌上有现成的笔墨，丰子恺顺手为朱自清的女儿阿菜画了一幅漫画肖像。朱自清见了爱不释手，请夏丏尊写几个字，夏丏尊便题写下"丫头四岁时　子恺写　丏尊题"。朱自清很喜欢这幅画，后来还把它用作自己的散文集《背影》的插图。

有时，他们又会聚集在丰子恺小杨柳屋的门厅里闲聊，或者在这里聚餐，喝绍兴酒。朱自清清楚地记得，在白马湖的一个黄昏，在这间"像骰子一样的"小门厅里，低矮的天花板像似要压到头上来。互相垂直的两壁上贴满了像小眼睛似的漫画画稿，微风吹过，几乎可以听到飒飒声。大家挤在一起，边喝着绍兴酒边聊着。时而探讨、观赏、研究竹久梦二的漫画集，时而又讨论丰先生随手画出的这一幅幅小画。朱自清说，希望丰子恺也能像竹久梦二那样，出版一本漫画集，这一希望后来真的实现了——丰子恺的画集一本接一本问世。在丰先生 1925 年出版的第一本《子恺漫画》中，刊登了朱自清的《代序》："我们都爱你的漫画有诗意；一幅幅的漫画，就如一首首小诗——带核儿的小诗。你将诗的世界东一鳞西一爪地揭露出来，我们这就像吃橄榄似的，老咂着那味儿。'花生米不满足'使我们回到怠懒的儿时，'黄昏'使我们沉入悠然的静默……"时隔一年，丰子恺又一本《子恺画集》出版，朱自清同样写了一篇《跋〈子恺画集〉》："这一集和第一集显然的不同，便是不见了诗词句图，而只留着生活的速写。诗词句图，子恺所作，尽有好的，但比起他那些生活的速写来，似乎较有逊色。第一集出世后，颇见到，听到一些评论，大概都如此说。本集索性专载生活的速写，却觉得精彩更多。"最后，朱自清先生感叹："想起写第一集的《代序》，现在已是一年零九天，真快哪！"

春晖中学的经历是美好的。朱自清先生后来经常回味这段经历，他在 1945 年 7 月从四川成都赠给丰子恺四首诗。其中一首写道：

应忆当年湖上娱，

天真儿女白描图。

两家子侄各芛冠，

却问向平愿了无。

　　好一幅"天真儿女白描图"！丰子恺与朱自清同岁，他们两人都曾写过散文《儿女》，而且这两篇同名散文是同时刊登在 1928 年《小说月报》十九卷第十号上的，而这一年，他们又都是五个孩子的父亲……

[朱晓风]

　　朱自清女儿阿菜的小像。丰子恺作画，夏丏尊题写。

很少有哪场历史事件，像1919年的五四运动那样，将历史如此清晰明澈地划为两个时代。北京高等师范学校数学系四年级学生，时年二十八岁的匡互生是五四运动天安门大会和会后游行的主要组织者之一。

冬雨凄苦别"春晖"

　　1924 年深冬的一天清晨，天下着淅淅沥沥的小雨。匡互生和朱光潜带着不多的几件行李，沿着白马湖边的煤屑路前往驿亭火车站候车。平时朝夕相处的老师们都前来送行。有不少学生得知先生们要离开春晖中学，一路跟来送别，他们依依地立在老师身边，有几个同学难过得呜咽起来。火车带着两位老师远离车站，很久很久，学生们仍在站台上黯然站着，不肯离去。

　　时隔不久，丰子恺、夏丏尊、朱自清、刘薰宇等一批春晖中学的优秀教师都陆续离职，离开他们曾经那么热爱的白马湖畔，到上海去寻找一块可以自由耕耘的园地，创建一所可以实现自己理想的学校。

　　为什么有这么多教师要相继离职？这些教师与春晖中学的校方有着怎样的矛盾呢？事情还要从春晖中学的教学理念与育人方针说起。春晖中学的校长经亨颐，是以西方的教育思想和教育实践对照中国的教育，认为中

匡互生（一八九一——一九三三），一九一九年毕业于北京高师，是五四运动天安门大会和会后游行的三位主要组织者之一。一九二〇年湖南省立第一师范学校任教务主任。一九二四年浙江上虞春晖中学任训育主任，后到上海与丰子恺、朱光潜等创立达学园。

国的教育是一种"铸型教育"。即教育原则故步不前，教育手段千篇一律，教育方法一成不变，教育对象不分差别，教育目标只顾眼前。经亨颐先生是在1920年离开他苦心经营十三载的浙江省第一师范学校的。他受到上虞富商陈春澜的资助，回家乡筹办春晖中学并担任校长。经亨颐先生做了多年"教育救国"的梦，现在，他终于有了一块实验的田园。

学校建成后，经亨颐先生开始给学生们找寻老师了。凭借长期从事教育工作的资历，他可以找到很多优秀教师。但经亨颐的标准是，春晖中学的教师，不仅是个教书匠，更是教育家，是学者。他们不但能够教好书，更可以育好人，还必须与学生同心同德，共同来完成教与学。这就如朱自清所说："当教育传达出对学生的善意、信任和关爱时，唤醒的是学生的向学之心和向善之志。"到了1921年，夏丏尊先生听说经亨颐先生在家乡办学，便从他任教的湖南第一师范赶了过来。他的到来，使得经亨颐有了一个好助手。1922年，丰子恺应邀来到春晖中学，到1924年，

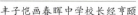
丰子恺画春晖中学校长经亨颐

匡互生也受聘来到春晖，担任训育主任并兼教数学。这个时期的春晖教师队伍，算得上是人才济济；而且，师生关系极其融洽。就如朱自清先生在《春晖的一月》中所说："这里的教师与学生，也没有什么界限。在一般学校里，师生之间往往隔开一无形界限，这是最足减少教育效力的事！学生对于教师，'敬鬼神而远之'；教师对于学生，尔为尔，我为我，休戚不关，理乱不闻！这样两橛的形势，如何说得到人格感化？如何说得到'造成健全人格'？这里的师生却没有这样情形。无论何时，都可自由说话；一切事务，常常通力合作。"

春晖中学原是十分注重情感教育的，教师与学生亲如家人，体罚与不尊重人格的管理方式，一般都是尽量摈除的。但有时也有实属无奈的情况。据校刊《春晖》记载，有一次，有人报告学生中有几个人聚赌。很明显，这是一个违纪事件，但朱自清不主张由学校处罚学生。他在和别的教师商量后，决定先由教师找学生谈话，待学生认识到错误后，再交由学生协治会来处理。学生协治会是学生自己成立的组织，这一次他们的处罚方式比较严厉，罚犯错误的学生写大字和打扫学生宿舍卫生一个月。为有利于教育学生，担任训育主任的匡互生提出学生犯错与自己的监管不力有关，提出自罚一个月薪俸，同时每天和受罚学生一起担任打扫学生宿舍的劳务。

春晖这个发展个性、思想自由、学生自治的中学，渐渐受到政府当局的注意。他们逐渐介入学校的管理，发出反对之声，并要求在校内增加国民党"党义"课程，发展到后来甚至要求学生学唱国民党"党歌"。负责音乐课的丰子恺率先进行了抵制：学生们有这么多李叔同的好歌曲可以唱，哪里用得着来学什么"党歌"？这一抵制成了学生与校方冲突的导

星河灿烂星河转

火线。到 1924 年深冬的一天又发生了"乌毡帽事件"，学生与校方的冲突正式爆发。所谓"乌毡帽事件"，发生在学生出早操时。有个叫黄源的同学，上体育课时戴了一顶乌毡帽，就是绍兴当地人平时戴的那种黑毡帽。体育老师认为这不成体统，勒令黄源同学除去帽子。黄源不肯，说这方面学校并没有明确的规定，师生由此发生争执。校方坚持要处分黄源，舍务主任匡互生力争无效，愤而辞职。于是全体学生举行了罢课，校方开除了积极参与罢课的二十八名学生，并宣布学校提前放假。此举激起教师的公愤，他们纷纷辞职以示抗议，这样，就发生了本文开头的一幕：朱光潜和匡互生等教师先行一步，丰子恺、夏丏尊、朱自清、刘薰宇等随后紧跟，他们告别春晖中学，到上海去，建立一所全新的学校，一所能实现他们的治学理想的全新学校。

[朱晓风]

某种教育（左）　用功（右）

立己立人哀互生

朱自清先生在悼念匡互生先生的《哀互生》一文中写道：

> 互生最叫我们纪念的是他做人的态度。他本来是一副铜筋铁骨，黑皮肤衬着那一套大布之衣，看去像个乡下人。他什么苦都吃得，从不晓得享用，也像乡下人。他心里那一团火，也像乡下人。那一团火是热，是力，是光。他不爱多说话，但常常微笑；那微笑是自然的，温暖的。在他看，人是可以互相爱着的，除了一些成见已深，不愿打开窗户说亮话的。他对这些人却有些憎恶，不肯假借一点颜色。世界上只有能憎的人才能爱；爱憎没有定见，只是毫无作为的脚色。互生觉得青年成见还少，希望最多；所以愿意将自己的生命一滴不剩而献给他们，让爱的宗教在他们中间发荣滋长，让他们都走向新世界去。

匡互生先生就是这样，总是带着热，带着力，带着光，在五四运动中带头火烧赵家楼时是这样，在湖南省立第一师范学校任教务主任时破除常规，聘请没有大学学历的毛泽东担任国文教员时也是这样。这一次，匡互生同样带着一团火，带着满腔的热情，来到上海创办立达中学。

新办学校需要筹备大量资金买地建校舍等，所以匡互生一到上海，又马不停蹄地北上募集款项。他先是持教育总长易培基的介绍信到天津，找到前总统黎元洪募捐，未料到黎元洪只肯捐二十元。返回北京后，国民党元老吴稚晖与易培基陪同匡互生到协和医院晋见孙中山先生。孙中山先生在病中听了匡互生的详细介绍，慨然允诺捐助七百元。但不久孙中山便病逝了，立达也没有收到这笔款项。

匡互生拖着一身疲惫回到上海，眼看着开学在即，春晖中学的老师们辞职后陆续来到上海，春晖中学的一批学子也已办理了退学手续，跟着老师们来上海继续学业，而办学的经费却没有着落。这时候，丰子恺拿出了卖掉白马湖畔小杨柳屋的七百元钱；随后，匡互生也卖掉了祖传的少量田地，再加上其他一些捐款，凑了一千余元，立达中学租用民房为校舍，先行开学。当时，丰子恺和匡互生都是几个孩子的父亲，都有养家的需求，但为了立达，他们可以倾其所有。

据丰子恺先生在《立达五周年纪念感想》一文中介绍，那时的办学条件是相当艰苦的：

> 1924 年的严冬，我们几个飘泊者在上海老靶子路租了两幢房子，挂起"立达中学"的招牌来。那时我日里在西门另一个学校中做教师，吃过夜饭，就搭上五路电车，到老靶子路的两幢房子里来帮办筹备工作。那时我们只有二三张板桌，和几只长凳，点一盏火油灯。我喜欢喝酒，每天晚上一到立达，从袋中摸出两只角子来，托"茶房"（就是郭志邦君，我们只有唯一的校工，故不称他郭志邦，而用"茶房"这个普通名词称呼他）去打黄酒。一面喝酒，一面商谈。吃完了酒，"茶房"烧些面给我们当夜饭吃。夜半模样，我再搭了五

路电车回到我的寄食处去睡觉。——这样的日月，度过了约有三四个礼拜。……不久我们为了房租太贵，雇了一辆榻车，把全校迁到了小西门黄家阙的一所旧房子内，就开学了。在那里房租便宜得多，但房子也破旧得多。楼下吃饭的时候，常有灰尘或水渍从楼板上落在菜碗里。亭子间下面的灶间，是匡先生的办公处兼卧室。教室与走道没有间隔，陶先生去买了几条白布来挂上，当作板壁。

半年以后，匡互生把目光投向了上海的江湾——在江湾建造新校舍。他将尚未建成的校舍作抵押，向银钱业贷款一万五千元钱，再向同事们筹借钱款，终于建成了新校园。由于学园建造时欠下了这笔款项，立达的教员都刻苦省俭，每月只领取二十元薪酬，如不够养家糊口，就到其他学校兼课。前来讲学的不少学者也都是免费的。这样艰苦数年以后，才把这笔债还清。

学校迁入新校舍以后，立达中学更名为立达学园。立达这个名字，取自孔子的《论语》："己欲立而立人，己欲达而达人。"这次学校不称中学而改称学园，匡互生是有他的想法的。他认为，学生好比幼苗，这里新

丰子恺设计的立达学园校徽

1926 年，立达学园文艺院图案系西洋画系全体师生（左二为丰子恺）。

建的学园就是他们自由发展、健康成长的园地。立达学园是不设校长的，匡先生虽然全面主持校务工作，但他并没有自任"校长"，师生们仍是亲切地叫他"匡先生"。立达学园也没有什么校规，在这里实施的是人格感化教育，引导学生主动地去做应该做的事，自觉地不去做不应做的事。匡互生在立达学园还开设了"实践道德"课程，由他亲自讲授做人的道理。

匡互生的办学理念是：知识是最重要的，但授予知识并不是学校唯一的重要使命。他认为，如果能使学生树立远见，养成优良品质，做一个真正的人，那么，教育就是成功的。匡互生的这一教育理念，使得许多有志青年慕名而来，这些学生来自全国二十多个省份，甚至还有海外的华侨子弟报考立达学园。而立达学园的在校学生，一般都能自己主动学习，广泛阅读课内外书籍，思考各种问题，探讨人生真谛。

和春晖中学一样，立达学园很快汇集起了一大批文化精英人物。除了匡互生、夏丏尊、朱自清、丰子恺等在白马湖任教的同人外，先后在立达学园任教和讲课的还有鲁迅、夏衍、陈望道、茅盾、叶圣陶、郑振铎、胡愈之、刘大白、陈之佛、周予同、夏承焘、陈抱一、裘梦痕、刘薰宇、刘叔群、方光焘、陶元庆、黄涵秋、丁衍庸、许杰、关良、周为群、陶载良等。在这些第一流教师和学者的教导下，学员们在端正了学习态度以后，学习成绩突飞猛进。当时上海的中学实行全市统考，第一次立达排在第十二名，第二次上升到第八名，第三次一跃而名列第三。更主要的是，立达学园的学生不光成绩好，其他各个方面都远远超出了一般学校。

这时候的立达学园，高中部分为文理科，后又增设农业专修科。学校的教师不但改革管理制度，而且改革教材内容。他们新编了算术、代数、几何等教材，为全国所采用。英语老师朱光潜、高觉敷、方光焘等，都是接受良好西方文化教育的优才生，他们编写的英语读物新颖活泼，使学习卓有成效。丰子恺先生执教绘画课，他的高尚品德和高深造诣深受学生尊敬。

到1928年，立达学园在江湾园区北面空地建立农场，下一年创建农教科，下设园艺、畜牧、农村教育专业。除必修的基础课及教育学外，还增设作物、园艺、养蜂、生物遗传学、土壤及养鸡知识等。后来农场搬迁到南翔柴塘，又下设大田、养猪场、养鸡场、养蜂场、制造场和园艺种植等，引进英国约克夏、巴克夏猪，美国来亨鸡，意大利蜜蜂等，这样也解决了学园和学生的部分开支。到"一·二八"淞沪抗战前，匡互生在文章中记述了学园的状况：初中部及高中普通科设于江湾，高中农村教育科设于南翔。两处共有价值六万余元的校舍和三万余元的设备。

1932年"一·二八"淞沪抗战爆发，日本侵略军对上海发动疯狂进攻。立达学园正处于这场战斗的主战场，饱经日军炮火的摧残，到战斗结束时立达学园江湾和南翔两地的校舍先后毁于战火。当战斗刚刚平息时，丰子恺就冒着危险搭乘战地记者的车去江湾实地查看，他在校园的废墟中看到他亲手种的小棕榈树，正迎着硝烟而欣欣向荣……

眼看着已经具有相当规模的立达学园被摧毁，立达的同人悲恸不已。他们以不屈的精神立刻行动起来。丰子恺举办了"为上海立达学园复校募捐"的画展，筹集资金重建校舍。匡互生也日夜操劳，到处筹备资金，设计校舍，购置设备。到了这一年的9月，立达学园的校舍及设备已经焕然一新，学校奇迹般地照常开学。

然而此后不久，匡互生积劳成疾，被诊断出肠癌。匡互生病重住院手术急需输血时，一大群学生撸起了衣袖，排队争相献血，有的学生还因血型不符而闷闷不乐。据说，当时为匡互生治病的医生感慨地说："真是一位异常受学生爱戴的老师，这样热烈献血的情况我们从未见过。"

1933 年 4 月，匡互生这带着热、带着力、带着光的一团火，燃烧了四十二年后终于熄灭了。噩耗传来，立达学园内顿时一片恸哭声。匡互生先生就是这样，把他的一生献给了立达，献给了教育事业。

[朱晓风]

为立达学园复校募捐
丰子恺画展入场券

巴金的成名作大都完成于20世纪30年代，主要有"爱情三部曲"(《雾》《雨》《电》)，"激流三部曲"(《家》《春》《秋》)等。巴金小说所创造的"青年世界"是20世纪30年代艺术画廊中最具有吸引力的一部分。

巴金（一九〇四—二〇〇五），文学家、翻译家、出版家，五四新文化运动后最有影响的作家之一。抗战胜利后主要从事翻译、编辑和出版工作，作品在文学界占有重要地位。『文革』后撰写《随想录》，被誉为『二十世纪中国文学的良心』。一九四九年后曾任中国作家协会主席、全国政协副主席等职。

作协与美协　主席心相协

巴金曾用这样一段话来述说他与丰先生的交往：

　　按情理我们应当成为往来密切的朋友。第一，子恺先生和我都是在开明书店出书较多的作者；第二，三四十年代中我的一些朋友常常用亲切、友好的语言谈起子恺先生，他们中间有的人同他一起创办了立达学园，有的人是这个学校的学生；第三，我认为他是人道主义者，而我的思想中也有人道主义的成分；第四，不列举了。……想来想去，唯一的原因大概是我生性孤僻，不爱讲话，不善于交际，不愿意会见生人，什么事都放在心里，藏在心底，心中盛不下，就求助于纸笔。

其实，丰子恺何尝不是这样？就像作家郑振铎先生说的那样，"态度很谦恭，却不会说什么客套话，常常讷讷的，言若不能出诸口。我问他一句，他才质朴地答一句。"而作家、语言学家方光焘描述得更加惟妙惟肖："子恺，我每见你的时节，觉得你总有一种'说不出'（never speak out）的神情。悲哀愤怒时，你不过皱一皱眉头；快乐欢愉时，也不过开一开唇齿。你终于是'说不出''不说出'的罢！……子恺！在这充满了所谓'画家''艺术家''艺术的叛徒'的中国，你何必把那吃饭的钱省节下来，去调丹青，买画布，和他们去争一日之长呢！你只要在那'说不出'的当儿，展开桌上的废纸，握着手中的秃笔，去画罢！画出那你'说不出'的热情与哀乐……"

两位大家，一位是藏在心底，直到藏不下满溢出来，只好借助于纸笔来倾述；另一位是说不出而只能不说出，最后用画笔来描绘！

丰子恺与巴金的交往始于20世纪的20年代。巴金在《怀念丰先生》一文中说："我还记得在南京念书的时候，是在1924年吧，我就喜欢他那些漫画。看他描写的古诗词的意境，看他描绘的儿童的心灵和幻梦，对我是一种愉快的享受。"

那时候，丰子恺开始一本接一本地出版译著和画集等，巴金也开始发表他的作品。巴金有的作品还是丰先生设计的封面，如1931年4月出版的翻译作品《草原故事》（高尔基著），就是丰子恺设计的封面。巴金对丰子恺的书法也很推崇。在1930年4月，上海启明书店出版了巴金翻译的俄国地理学家、无政府主义运动的最高精神领袖和理论家克鲁泡特金最主要的著作《我的自传》。这本书原名《一个革命者的回忆录》，封面是丰先生的书法题字。巴金这样回忆道："我不用多说我得到他的手迹时的喜悦。这部印数很少的初版本《我的自传》就是唯一的把我和那位善良、纯朴的艺术家连在一起的珍贵的纪念品了。"

日本入侵中国以后，巴金自 1940 年 7 月始辗转于昆明、重庆、成都、桂林、贵阳等地，从事抗日文化宣传等活动，而丰子恺在"宁做流浪者，不当亡国奴"的思想引领下，与家人逃往内地，担任教师并从事他的创作。1945 年夏，重庆开明书店开会商量图书出版设计，巴金和丰子恺都参加了。巴金是这样记录这次会面的："重庆开明书店遇见过他，谈过几句话，事后才想起这是丰先生。……他仍然是那样一个人：善良纯朴的心，简单朴素的生活，他始终愉快地、勤奋地从事他的工作。"

1949 年以后，作为上海美术家协会主席的丰子恺与作为上海作家协会主席的巴金，交往日渐增多，再加上全国政治协商会议和上海文联的一些活动，两人应该是经常见面的。巴金回忆起，在 1962 年上海第二次文代会上，丰子恺作了简短的讲话，他拥护"百花齐放，百家争鸣"的文艺方针，提出反对像用大剪刀剪冬青树那样强求一律的做法。他认为小花、无名的花也可以好好开放。三个月后丰子恺发表散文《阿咪》，这位被称为"辛勤的播种者"的老艺术家只不过温和地讲了几句心里话，仅仅是谈谈生活的乐趣，讲讲工作的方法。他自己做梦都没有想到要"反"什么，要向什么"进攻"。但是，《阿咪》受到了批判，一些别有用心的人认为丰子恺文中的小白猫"阿咪"和黄猫"猫伯伯"，是影射、是攻击。

随后，史无前例的"大革命"席卷而来，丰子恺和巴金先后受到了批判，进了"牛棚"。巴金没有去过丰子恺家，但他知道是在陕西南路的一所西班牙式的小洋房里。巴金到"牛棚"去上班，总要经过这幢西班牙式洋房，这时他就会想起丰先生，心里很不好过：我都受不了，他那样一个纯朴、善良的人怎么办呢？！有一次巴金还看见了丰先生。他不拄手杖，腋下挟了一把伞，急急地走过，胡子也没有了，不像以前在市政协学习时看见他的那个样子……

　　在暴风骤雨平息后的 1981 年，丰一吟女士写信给巴金，请他写一篇关于丰先生的文章。巴金回信说："我最近身体不好，写字吃力，明天去杭州短期休息。您要我写一篇谈您父亲的短文，我打算在香港《大公报》上的连载《随想录》上发表一篇《谈子恺先生》。我同子恺先生没有个人的交往，但是我尊敬他，作为一位正直、善良的艺术家。我的短文两个月内总可以写成发表，以后会把剪报寄给您。"

　　中国的两位文豪大家，没有个人的交往，却充满同情、尊敬与关怀。巴金就连给丰子恺的女儿丰一吟写信，也是以"您"称呼，大概，这就是淡如水的君子之交吧。

[杨子耘]

柯灵（一九○九—二○○○），原名高季琳，剧作家、电影评论家、电影理论家。曾任《文汇报》副社长。他的电影、话剧剧本代表作有《武则天》《夜店》《秋瑾传》等，还有散文集《望春草》《长相思》等。

不烂之笔作刀枪

抗日战争分为两条战线，一条是真刀真枪的血肉拼杀；另一条是以"五寸不烂之笔"抗敌的战斗。可以说丰子恺与柯灵就是这条战线的战友。

在战火燃烧到家乡石门镇之际，丰子恺告别了缘缘堂，携一家老小辗转流离，逃难到内地。一路上，他始终没有放下手中的笔，用漫画、文章、诗歌、歌曲等方式抗敌。在内地担任教师期间，丰子恺还亲自率领学生到市集上讲演、呼口号、张贴标语和抗日漫画。

1938年丰子恺在《志士与汉奸》一文中写道：

> 古人云：生，我所欲也；所欲有甚于生者。死，我所恶也，所恶有甚于死者。比生更可欲的，是"精神的生"。比死更可恶的，是"精神的死"。精神死而肉体生，是"行尸走肉"。肉体死而精神生，是"永生"。志士仁人，不愿为行尸走肉，而愿得为"永生"。

但汉奸得所见异于是。他们宁愿做"行尸走肉"，不需要"永生"。

在《漫文漫画序》中，他还写道：一到汉口，仿佛睡醒了。因为此间友朋咸集，民气旺盛，我从来不曾如此明显地意识到自己是一个中华国民！我不惯拿枪，也想拿五寸不烂之笔来参加抗战。

1938 年，丰子恺在江西萍乡与学生萧而化一起写下歌曲《我们四百兆人》：

> 我们四百兆人，中华民，仁义礼智润心。
>
> 我们四百兆人，互相亲，团结强于长城。
>
> 以此图功，何功不成！民族可复兴。
>
> 以此制敌，何敌不崩！哪怕小东邻！
>
> 我们四百兆人，齐出阵，打倒那小日本！
>
> 我们四百兆人，睡狮醒，一怒而天下平。

在这时期，柯灵先生远在沦陷区上海。他编刊物，写文章，以纸笔揭露日寇的侵华暴行，同时鼓舞沦陷区的读者共同奋斗，一致抗敌，从而成为上海"孤岛文学"中最有代表性的作家之一。在他出版的散文集《晦明》一书中，几乎每一篇都在揭露日寇在中国犯下的滔天罪行：日本要以武力征服中国，除空袭贫民外，还集中火力炸毁文化教育机构。在《回到莽原》一文中，他记录了在卢沟桥事变后三个月里，仅上海一隅的战区与非战区域，被日寇空军袭毁的大学有十四所、中学二十七所、小学四十四所，还有博物院、图书馆、体育场等社会教育机构八处。

那时，在柯灵编辑的《文汇报》"世纪风"副刊上，时常发表逃亡内地作家的来信。有一天，柯灵注意到上海一份小报《华美晨报》有个叫"若霖"的撰文攻击丰子恺、叶圣陶等人。原来柯灵在报纸的"战乱中的作家音讯"栏目中刊登了丰子恺从桂林的来信和叶圣陶的一首诗。丰子恺的信是写给表侄徐一帆的，原本无意发表。后来徐一帆将信转交柯灵，这封信就在"战乱中的作家音讯"栏目中以《丰子恺由湘抵桂》为题发表。丰子恺在信中有这样一段话："桂林山水甲天下，环城风景绝佳，为战事所迫，得率领全家遨游名山大川，可谓因祸得福……"若霖的文章就是针对这段话，指责丰子恺在抗战期间还有心情游山玩水。若霖同时还攻击了叶圣陶诗句中"摘鲜饱啖红樱桃"，说这是忘记了"千万同胞的血腥气"。

对此，丰先生在《教师日记》中写道："其言一定是咬文嚼字，吹毛求疵，无聊之极，大约另有用意。或者，孤岛人满，生活困难；欲骗稿费，苦无材料，就拿我作本钱。如此则甚可怜。我惠而不费，做个善举也罢。不然，则甚可悲观：吾国有此种无赖青年，如何抗战？"斥责了这样的吹毛求疵，丰子恺照样饱览祖国山河，并不时描绘画卷，吟写诗句。他写道：

> 蜀道难行景色饶，元宵才过柳垂条。
> 中原半壁沉沦后，剩水残山分外娇。

柯灵也撰文加以驳斥。他在《抗战中的丰子恺》一文中写道："虽然不免老朽，不曾上前线杀敌，但已经是一位民族统一战线中可敬的战士。他勇敢、坚决、乐观，和一切的战斗者一样。"柯灵还写了《拭去无知的唾沫》和《拭沫之余》两篇文章，批驳"扯淡家"的风凉话。他写道：

> 别人的故乡沦陷了，家也毁了，不甘于奴隶的命运，老老小小一大串，流离颠沛，历尽风霜，这才千里迢迢地逃到重庆或桂林；喘息刚定……通个报告行踪的音讯，"文学家"又咬牙切齿地大骂："阿弥陀佛，你怎么毫无血气……这是此路不通的游玩主义"……我们的"文学家"，这一年来没有吃过一些水果、上过一次酒楼吗？吃一点樱桃，怎么就忘记了"千万同胞的血腥气"？逃难时看一看风景，怎么就是"游玩主义？"重庆桂林是后方，上海的租界倒算是前线吗？——我们的"文学家"所缺少的，偏又是一面镜子！

在中国历史这悲壮的一页，丰子恺与柯灵就是用他们手中的笔，抒发出对祖国的热爱，对日寇的痛恨，对胜利的坚信，以及对未来美好生活的憧憬。

[杨子耘]

刘质平（一八九四——一九七八），音乐教育家，浙江省立第一师范学校李叔同的得意门生，受恩师资助东渡日本深造，回国后与丰子恺、吴梦非共同筹办以培养中小学艺术师资为宗旨的、中国最早的一所私立上海专科师范学校，并创办会刊《美育》。

三人合力为美育

1919 年的 6 月，上海南市小西门外黄家阙路上的一条小弄堂里，有三个青年人正在一所老房子中各自忙着，他们正在筹划办学。也许他们当时并没有意识到，他们正在筹办的是中国近代第一所私立的艺术学校，只是他们每一个人都清晰地感悟到：在这五四运动的时期，中国的教育需要接受新思想新观念，中国的学校教育需要全面改革。这三个人就是吴梦非、刘质平和丰子恺，他们创办的这所学校名叫上海专科师范学校。

吴梦非、刘质平和丰子恺都毕业于浙江省立第一师范学校，又都是李叔同先生的学生，但他们不是同年级的学生。吴梦非毕业于 1915 年，刘质平毕业于 1916 年，而丰子恺在 1919 年时才刚刚毕业。

经过吴梦非、刘质平和丰子恺三人的努力，上海专科师范学校终于挂牌开课了。由于吴梦非先生具有丰富的音乐教育实践经验，又是三人中的长者，所以被推举刘质平与丰子恺同为李叔同的学生。1919年秋，刘质平、丰子恺、吴梦非创办了以培养中小学艺术师资为宗旨、中国最早的一所私立艺术学校——上海专科师范学校，开创了我国近代专业音乐教育的先河。

担任上海专科师范学校校长，兼任手工部主任；刘质平任教务主任，负责音乐部的教学；丰子恺任图画部主任，负责西洋画教学，还兼任日语课的教学工作。专科师范学校内设图画、音乐、手工三个科目，每科又分普通师范和高等师范两班，普通师范培养小学艺术师资，高等师范培养中学及普通师范的艺术师资。学制均为两年。全校一共有六个班级，大约有三百多个学生。

学校的创办相当艰辛，而最最困难的是办学经费。为了维持学校的运转，几位老师都在其他学校兼课，把所得的部分薪金拿来接济专科师范学校。当时他们的老师李叔同已经出家，成为弘一法师，他得知学生们创办的上海专科师范学校经营遇到困难，就主动写了几十幅对联、条幅等，托人交给学校，让他们变卖后用作办学的资金补贴。

为更好发展学校的音乐教育，学校里成立了管弦乐队，组织学生排练演奏各种曲目，而乐队的乐器，有的是学生自己准备的，也有社会捐赠的，戏剧家欧阳予倩先生就捐赠过大提琴和低音提琴等乐器。

到 1920 年 6 月，上海专科师范学校已经发展到相当大的规模。光音乐部分就分为乐理、声乐和乐器三大部分，开设普通乐理、和声学、作曲、声乐、钢琴、小提琴、音乐教学、指挥、管弦乐合奏，以及民乐方面的琵琶、二胡等各类课程。同时还兼顾一般文化教学，设有国语、美学、艺术概论和英语、日语等。学校参照的是老师们的母校浙江省立第一师范学校的成功办学模式——适当减少课堂教学，同时组织大量艺术社团，如艺术教育研究会、唱歌研究会、作曲研究会、国乐研究会、风琴研究会等。这些研究会都有老师参与指导，大家互相学习互相切磋，充分调动了学生学习的主动性。学校还请来了最好的师资，不定期举办

一九六一二月刘质平携所藏李叔同先生遗墨二百余件来沪摄影将制版刊印协力此工作者五人合摄此影留念

钱君匋　刘质平

丰一吟　丰子恺　吴梦非

1961年2月，刘质平携所藏李叔同先生遗墨二百余件来沪摄影，完成后，协力工作的五人合影留念。前排左起：吴梦非、丰子恺、刘质平，后排左起丰一吟、钱君匋。丰子恺题字。

各种讲座，邀请著名学者、艺术界名流前来任教与讲学，如日籍教师佐子正纯，白俄罗斯音乐家汤斯基、伺立勤，以及教育家陈望道、艺术家金律声、音乐理论家傅彦长、国乐家卫仲乐、钢琴家何连琴等。1923年日本民族音乐学家田边尚雄也被邀请到学校进行学术演讲。

吴梦非、刘质平和丰子恺三人在艺术教育领域的另一项功绩就是他们创办了中华美育会。这是第一个全国性的美育学术团体，创立于1919年冬天。中华美育会成立不久，就已发展到遍及全国的一百多名会员，其中有吴梦非、刘质平、丰子恺、姜丹书、欧阳予倩、刘海粟、萧蜕、胡怀琛等人，会址就设于上海专科师范学校内。中华美育会旨在"用艺术教育来建设一个新人生观，救济一般烦闷的青年，改革主智的教育，用美来代替神秘主义的宗教"。1920年4月还创办了学会的会刊《美育》，吴梦非任总编辑，下设音乐、图画、手工、文艺四个部门，各编辑部主任分别为刘质平、周湘、姜丹书和欧阳予倩。

到1923年7月，学校改名为"上海艺术师范学校"，一年后在此基础上又扩大成"私立上海艺术师范大学"，设有艺术教育系、音乐系、西洋画系、中国画系，为全国几乎遍及各省的学校培养出艺术师资上千名，其中影响较大的有钱君匋、邱望湘、沈秉廉、萧而化、唐学咏、徐希一等人。

吴梦非、刘质平和丰子恺在各自的岗位上不懈努力，让恩师李叔同的艺术精神薪火相传。他们实践的艺术教育师资培训的模式，尤其是小学艺术师资培养模式，一直延续运用至20世纪的90年代，可谓影响深远。

[杨朝婴]

1955 年，丰子恺与钱君
匋于杭州西湖。

只为书籍作嫁衣

丰子恺先生有一个十分形象的人生三层楼理论：一层是物质生活，二层是精神生活，三层是灵魂生活。物质生活就是衣食，精神生活是学术文艺，灵魂生活就是宗教。懒得走楼梯的，就住第一层，锦衣玉食，尊荣富贵，这种人占世间大多数；有能力上楼梯的，就爬上二层玩玩，或久居于此，世间这类人也很多，即所谓知识分子；再有一种人脚力好，对二层楼还不满足，就爬上三层楼，不满足物质与精神，还要探究人生的究竟。在他们看来，财产名誉都是身外之物，学术文艺都是暂时的美景，只有上到第三层时，才知人生的彼岸。

可以说，弘一法师、丰子恺和钱君匋三代师生，都是把二层楼的角角落落翻寻遍了的人，而弘一法师又进了一步，毅然决然地上到了三层楼。丰先生当然不满足于二层楼，时而也会上到二楼半的地方，向着三层楼作一番眺望。

弘一法师多才多艺，精通诗词赋文、书法、绘画、篆

钱君匋（一九〇七——一九九八），丰子恺在上海专科师范时的学生，金石书画家、书籍装帧家、鉴赏家。从艺七十余年，对篆刻、书法、绘画、装帧、诗文、音乐、教育、编辑、出版均有独到见解，曾任西泠印社副社长、人民音乐出版社副总编等职。

刻、音乐、戏剧及文学。弘一法师的学生丰子恺是画家、散文家、美术教育家、音乐教育家、书法家以及翻译家。而丰子恺的学生钱君匋同样涉猎二层楼的众多领域，据说他有一次酒后戏言："别人曾冠我以十个家，即：音乐家、文学家、书籍装帧家、画家、书法家、篆刻家、教育家、收藏家、鉴赏家、美食家。"说到最后，他还自己又补充了一个"家"——资本家。说这个"家"的时候，钱君匋略微停顿并眯起双眼，露出幽默睿智的眼光。钱先生这里所说的资本家，指的就是他经营万叶书店的一段经历。

钱君匋之所以涉足出版业、成为装帧设计家并经营万叶书店，还要从他于20世纪20年代初在上海专科师范学校就学时说起。当时，丰子恺刚从日本留学归来，正在这所师范学校任教，他很欣赏钱君匋的天资颖悟与艺术才华，予以破格免试录取。当时丰子恺先生为钱君匋等学生讲授的是西洋绘画艺术，以及图案描绘等学科。丰先生的学生中还有一个叫陶元庆的，当时与钱君匋过从甚密，他们住在同一个寝室里，两人的床又是连在一起的，每当夜深人静，他们就絮絮叨叨地谈个不休，而谈得最多的是图书的装帧设计，这也是钱君匋先生最初接触到书籍装帧设计这门艺术。

此后，陶元庆在装帧设计上取得了很大的成就，鲁迅先生和许钦文先生的著作，装帧设计几乎都是陶元庆一人给包揽的，而在一旁细细观察的钱君匋，很快领悟了图书装帧设计的步骤与关键要点。陶元庆在图书装帧方面名声大噪，委托他设计的人也越来越多，但他一般不肯轻易接受委托，便经常介绍钱君匋去为他们设计，这样，钱君匋就投入了书籍装帧的设计工作。鲁迅先生定居上海以后，陶元庆为钱君匋作了引见，钱君匋也就有了鲁迅先生这样的忘年之交。鲁迅对钱君匋的书籍装帧评价很高，这激发了钱君匋的创作兴趣。就这样，钱君匋和他的同学陶元庆一样，也成为了知名的装帧设计家，请他设计书刊装帧的作家、杂志社、书店和出版社不断邀约，连当时的出版大户商务印书馆出版的主要期刊，如沈雁冰（茅盾）主编的《小说月报》、叶绍钧（叶圣陶）主编的《妇女杂志》、杨贤江主编的《学生杂志》、周予同主编的《教育杂志》以及钱智修主编的《东方杂志》，都纷纷前来约稿。

就像陶元庆一样，钱君匋也渐渐招架不住了，在他应接不暇之际，几位熟悉他的朋友，如章锡琛、夏丏尊、叶圣陶、陶元庆、邱望湘，还有老师丰子恺、陈抱一，发起为钱君匋订立"装帧润例"，并由老师丰子恺起草写了《缘起》。所谓润例，指的是设计封面所须支付润笔的尺度，而润笔原来是毛笔蘸水的动作，后引申为请人写文章、写字、作画等所付的报酬。这是旧时画家、书法家的惯常做法，用在书籍的装帧设计上，钱君匋先生算得上开了先河。但即使有了这样一个润例，也没能挡住纷至沓来的约稿——钱君匋回忆说他设计的书衣，总有四千种上下，而且因此还得了个"钱封面"的雅号。

丰子恺先生自己对于书籍装帧也是下过一番功夫的。他出版的书籍，大多都是自己设计装帧，有时也相帮别人设计封面。丰先生设计的封面很有新意，比如他为自己的《子恺画集》设计的封面，是让女儿软软画了个小人，书名题字则是让大女儿丰陈宝来完成。这本书所选的漫画都是一些生活漫画，所以这样的封面设计可说是极其恰当的。还有一本就是1955年人民美术出版社出版的《子恺漫画选》，这本书的内容主要为儿童漫画，丰子恺便让当时仅五岁的外孙女杨朝婴代为题字。

丰先生设计的封面以漫画为主，很少用图案画。漫画也仍是他的一贯风格。20世纪30年代他为宏徒编的《文坛逸话》设计封面，画面设计非常有魄力：大面积留白，六个人物围桌而坐，也许正在谈论"文坛逸话"。他们有说话的、有正在听的，却都是子恺漫画的一贯风格：不细画出脸面，然而说话的人与听者却又一个个栩栩如生。用笔漫中有细，讲话的人长须飘然，从听者手中的香烟还可以清晰看到袅袅青烟。丰子恺对于装帧设计有很高的要求，1960年他在《君匋书籍装帧艺术选》一书的序中这样写道：深刻的思想内容与完美的艺术形式的结合，是优秀艺术作品的根本条件。书籍装帧既属一书，当然也必须具备这个条件，方为佳作。盖书籍的装帧，不仅求其形式美观而已，又要求能够表达书籍的内容意义，是内容意义的象征。这仿佛是书的序文，不过序文是用语言文字表达的，装帧是用形状色彩来表达的。这又仿佛是歌剧的序曲，听了序曲便知道歌剧内容的大要。……君匋长年致力于装帧艺术，深切地体会上述的条件与要求，所作不乏佳品。

[马永飞]

丰子恺为自己的图书设计的封面，让孩子画图、题字。

钱君三绝书画印

丰子恺在《钱君匋徐菊庵金石书画展序》一文中说：

> 君匋本来是图案专家，其所设计，别出心裁。抗战八年中，埋头于金石研究，这就使他的才技超越图案，而向书画发展。至今，金石，书，画，平均进步，可称“三绝”。中国古有“书画同源”之说。其实此说未全。应说“金石书画同源”，三位一体。而论其次第，则金石为老大哥，书为二兄，画为三弟。吴昌硕之徒告我，吴昌硕晚年自言：“人谓我善画，实则书胜于画，人谓我善书，实则金石更胜于书。”此言诚然！吴氏因精通金石，故能书，因精通书法，故能画。金石书画三位一体，而金石在三位中为老大哥，于此盖可确信。今君匋之学，由金石入门，源源本本，由上而下，由根而末，由内而外，由深而浅，无怪其书法与画道之进步，一日千里，而终于三才并茂也。

画家绘画，书法是绝对少不了的，由书法再进到金石的画家，也有一些，而像钱君匋那样，先从金石入手，再书法再绘画的，就不多见了。

与装帧设计一样，钱先生一生治印无数，是以万方计数的。钱君匋曾为毛泽东治印，还创作有《长征印谱》《鲁迅印谱》《钱君匋印存》《君匋

钱君匋为丰子恺及其女儿刻的印章。"石门丰
氏"和"子恺书画"是丰子恺的两方常用印章。

印选》《钱君匋刻长跋巨印选》《钱君匋篆刻选》《海月庵印剩》《无倦苦斋印
剩》等。丰子恺曾为钱君匋的《长征印谱》题诗，为《钱君匋刻长跋巨印
选》和《钱君匋徐菊庵金石书画展》等作序。

　　丰子恺常用的两方印章就是钱君匋所刻。这是一阴一阳的两枚图章，
有点像一对图章，阴刻为"石门丰氏"，阳刻为"子恺书画"，篆刻的文字
也正好概括出丰先生的书画艺术。丰子恺的大女儿丰陈宝的印章也是钱
君匋先生刻制的，用的是上好的寿山石。那是 1950 年，图章的边款为：
"陈宝世姊　嘉礼用印　庚寅六月十一　钱君匋刻于丛翠堂上"。

　　关于这枚图章，还有一个有趣的小故事。有一天丰陈宝去邮局办事，
领取挂号邮件。当时邮局里正忙，大家静静地排着长队。等轮到丰陈宝
办理，那个邮局职工见是个白发老太太，怕她不知道邮局的手续，就特
意关照说："你这个是要签章的。"丰陈宝便递上这枚她常用的图章。那邮
局职工盖好章却不归还，倒是细细欣赏起来，然后又看边款，一边就嚷
了起来："乖乖！是钱君匋刻的章，大师啊！"之后又用疑惑的眼光看了
一眼，似恍然大悟："哦！我知道了，是丰子恺先生的……"

　　这时，邮局里在后面排着队的人，不催促不急躁，只是投来敬佩的
目光，也许，他们都读过丰先生的书，都知道丰子恺。

[马永飞]

钱君匋写给丰子恺女儿丰一吟的信。

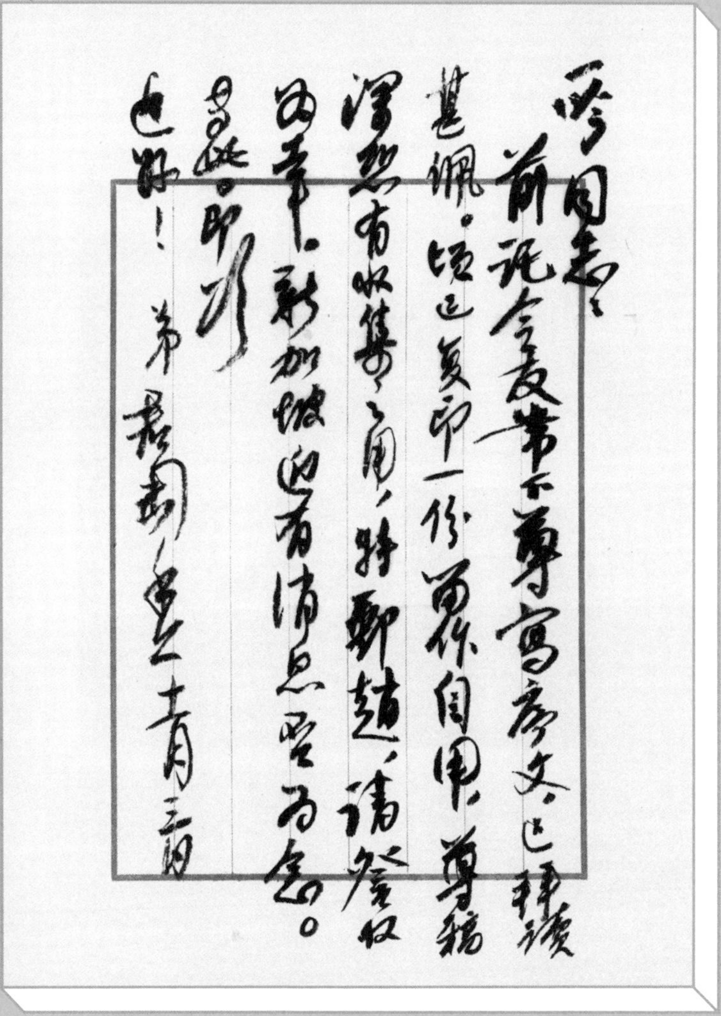

一吟同志：

前说令尊幸写序文，已拜读甚佩。顷已复印一份，兹将阁下用尊稿，深恐有收集者，特郑重，请签收。因年来新加坡迎者清点甚为多。

匆匆即上

即颂

近祺！

弟 君匋手上 青云前

因为喜欢戏剧，关良画
了一辈子的戏剧人物。

画友良友皮黄友

关良（一九〇〇—一九八六），早年赴日本学习油画，回国后在上海美术专科学校任教，二十世纪三四十年代辗转于沪广渝杭等地的艺术院校任教。擅长彩墨戏剧人物画及油画，兼通音乐、戏剧等。曾任浙江美术学院教授、上海中国画院画师。

有人说，在中国画坛上，一眼看去就知道这是谁的作品而根本不需要再细看签名的画家，也就丰子恺与关良二人。再细看这两个人的生平履历、作品风格、兴趣爱好，竟然也是那么相似。

和关良一样，丰子恺早年留学于日本。丰子恺虽然只有短短十个月留学日本的经历，但他到日本后曾在藤岛武二门下学画，而关良也曾师从藤岛武二。

又与关良很相似的是，丰子恺喜欢戏剧。丰子恺认为，最深入民间的，莫如戏剧中的平剧："山农野老，竖子村童，字都不识，画都不懂，电影都没有看过的，却都会哼几声皮黄，都懂得曹操的奸，关公的忠，三娘的贞，窦娥的冤……而出神地欣赏，热诚地评论。"丰子恺还是梅兰芳的戏迷，曾多次拜访梅兰芳。

关良喜欢戏剧，是从小就打下的烙印。他在幼年时就学过胡琴，还专门拜师学艺，习的是老生。关良在日本期间，因为很难找到胡琴，改学了提琴。这两样乐器也都是丰子恺学习过的。丰子恺在上虞的春晖中学任教期间，就曾亲自上台表演小提琴独奏。在浙江桐乡石门镇的丰子恺故居缘缘堂里，就陈列着丰子恺用过的乐器。

因为喜爱戏剧，关良画了一辈子的戏剧人物。关良的画大多是小幅的，但在很小的空间里画出了大格局。他的画形简意赅、简洁明快又酣畅洒脱、栩栩如生，就像是戏剧舞台上刹时间的造型定格，把作为舞台布景的场面和道具一律摒除，只保留下人物最靓丽最具特色的部分，这一点与子恺漫画又是如出一辙。丰子恺作人物画，如《锣鼓响》《阿宝赤膊》《村学校的音乐课》等，便是典型的"意到笔不到"。意在笔先，只要意到了，笔不妨不到；非但笔不妨不到，有时笔到了反而累赘。两人都是以简约的手法来作精湛的艺术表现，关良省略舞台场景，而丰先生更为彻底，有时连人物的眼睛鼻子一概省略，以致民国时期有人在《新闻报》上以《丰子恺画画不要脸》为题撰文。标题看似骂人，而文章是评论和分析丰子恺的画：人物脸部虽然大都没有眼睛鼻子，但却惟妙惟肖，极为传神。

抗日战争期间，关良在重庆国立艺术专科学校担任教师，而丰子恺的女儿丰一吟以及未来的女婿、画家崔锦钧都是他的学生。据丰一吟回忆："我学的专业是应用美术，其实我并不感兴趣，倒是对京剧很是着迷，经常逃学去看京戏。我在施恩看《萧何追韩信》，印象很深，他们用袍子做了马的耳朵，很像马的样子。在艺专时，我还参加了京剧演出，爸爸也去看了。"当时国立艺术专科学校课余经常举行京剧演出。据丰一吟回忆，那时国立艺专西迁到重庆江北盘溪一个叫做"黑院墙"的地方。

有一次，学校里演出京剧，关良和陈佩秋女士合演《梅龙镇》，在戏台上关良把一段戏词给忘了，就根据曲调哼了过去，惹得台下的戏迷哈哈大笑。

1949年后，关良先生与丰家仍保持着密切交往。丰子恺任上海中国画院院长期间，关良是画院的画师。丰一吟、崔锦钧夫妇与关良的通信，都是以老师相称，而关良先生则亲切地称他们锦钧同学、一吟同学……

[杨子耘]

丰子恺《江西采茶戏》(左)　关良《贵妃醉酒》(右)

张乐平

张乐平（一九一〇—一九九二）毕生从事漫画创作，建国后在中国美术家协会上海分会、解放日报社、上海少年儿童出版社任专业画家。其漫画以政治讽刺见长，所创作的三毛形象妇孺皆知，被誉为『三毛之父』，是当代杰出漫画家。

漫画双杰患难交

春回大地山河乐，劫后画坛丰草香。

1981 年 5 月上海美术馆正在举办一个令人期盼已久的画展，展出丰子恺遗作彩色漫画数百幅。预展的那天，一位耄耋老人在儿子的陪同下前来参观。当老人拄着拐杖站在丰子恺像前，睹像思人，不禁悲从中来，老泪纵横。这位老人就是张乐平，参观后，他写了《画图又识春风面》一文发表在 5 月 20 日《解放日报》上。文章情真意切，发自肺腑，开篇这样写道："丰老久违了。1975 年医院一面，竟成永诀，从此仙凡路隔，再也见不到我所仰慕的师长和朋友。近来看了丰子恺先生画展，看到那满堂的时代画卷，看到那透过纸面散发出来浓郁的生活气息，宛如又见到先生的音容笑貌。"张乐平对丰子恺的追思之情跃动在字里行间，读来令人酸鼻。

早在 20 世纪 20 年代，张乐平在上海三马路望平街（今汉口路山东路）广告公司当学徒，常常偷闲到四马路

（今福州路）开明书店去欣赏橱窗里的丰子恺的漫画，他被丰子恺风格特独的漫画吸引住了，常常流连忘返。终于张乐平有机会与丰子恺见面了，那是在 1938 年春天的汉口，丰子恺应汉口开明书店之邀带着两个女儿从长沙赶到汉口参加抗日宣传，正巧张乐平主持的"抗战漫画宣传队"从上海出发沿途宣传抗日，也辗转到了汉口，两股抗日宣传力量会聚在了一起。

张乐平回忆当年结识丰子恺时的情形说："1938 年，当时我在武昌政治部第三厅所属的'抗战漫画宣传队'，经人介绍，有幸认识了子恺先生。那时他约四十开外，已养了长长的黑胡须，飘逸洒脱、和蔼可亲。后来我们又同到汉口上海书局对马路一家里弄的绍兴酒店一起饮酒。子恺先生为人风趣，谈笑风生，饮酒不多而笑声不歇。过些时候，只见他依桌垂头，鼻息浓浓，原来先生醉矣。"他接着说："此后，我们又在小店相聚，饮酒谈天。先生学识渊博，使我得益匪浅。他不仅是一位卓越的漫画家，而且是出色的音乐家、文学家、翻译家和诗人。我们在武汉相识不久，我就被派到安徽、江西一带从事抗战漫画宣传工作而分手了。"直到 1949 年后，他们才重新见面。有一次，丰子恺患肺病在家，张乐平前去探望，看到丰子恺正抱病学俄文，此时丰子恺年过半百，已经掌握了多种外语，还要从头学习俄文，这使张乐平大为感动。

20 世纪二三十年代，漫画成为犀利的社会投枪和激越的时代号角，丰子恺与张乐平无疑是其中最具代表性的。丰子恺的作品具有鲜明的时代特征和强烈的平民意识，其漫画艺术的核心是现实主义和人道主义。丰子恺被誉为"中国漫画"之父，而张乐平有漫画"三毛之父"的美称，他们可谓是"中国漫画画坛双杰"。他们身上确实有许多相同之处，首先他们的艺术观一样，都用手中的画笔做武器，大胆地反映了深刻的社会矛盾，揭露不合理的社会制度。张乐平的连环漫画《三毛流浪记》就是一个典型，丰子恺的漫画《最后的吻》《高柜台》《此亦人子也》等在社会上也产生深远影响。其二，他们都爱孩子，都以儿童为题材创作了大量的漫画。丰子恺的儿童漫画家喻户晓、脍炙人口，他曾说："在人世间与我因缘最深的儿童，他们在我心中占有与神明、星辰、艺术同等的地位。"而张乐平的三毛也是儿童形象，他的三毛漫画系列已成为画坛精品，还被改编成电影、木偶戏。张乐平也说过："有人问我，你的儿童漫画小孩子那么喜欢看，有什么诀窍吗？我想来想去没啥诀窍，就是有一点，我爱孩子。"其三，身为漫画大师，丰子恺与张乐平日常生活都非常清贫朴素，都平易近人，乐于和平民劳动者交流，是名副其实的"平民艺术家"。

此外，他们还有一个相同的生活习性就是"嗜黄酒如命"。张乐平1910年出生，比丰子恺小十二岁，浙江海盐人。海盐离丰子恺的故乡桐乡不足百里，同属嘉兴，是古代吴越文化的交汇处。同乡人丰子恺与张乐平，爱上家乡的黄酒，是顺理成章的事。张乐平的作品往往是在老酒一杯后画出来的。20世纪50年代，他在《解放日报》社工作，工作非常繁忙，常常需要半夜里突击画稿。《解放日报》的人至今还记得，他总是带着酒，喝完以后，灵感突现，大笔一挥，作品就出来了。"文革"中，造反派硬是把"张乐平不许喝酒"的标语贴到了他的家门口。但有时酒瘾上来，就是在写检查的时候，他还把藏着的酒偷偷拿出来喝。

丰子恺爱黄酒也是出了名的，1948年在章锡琛等人陪同下丰子恺去台湾办个人画展，作家谢冰莹劝他在台湾定居，丰子恺说："台湾好极了，真是个美丽的宝岛，四季如春，人情味浓。只是缺少了一个条件，是我不能定居的主要原因。"谢冰莹问："什么条件？"丰子恺回答很干脆：

1965年张乐平、颜文梁、贺天健、丰子恺、林风眠、张充仁（左起）在上海美术展览馆赏画。

"没有黄酒！"引来了周围人的一阵大笑。

早在白马湖春晖中学时，丰子恺与夏丏尊、朱自清、朱光潜等就有"酒聚"的习惯。他们爱喝绍兴老酒，吃酒谈天，慢斟细酌，不慌不闹，各人到量尽为止，止则谈的谈，笑的笑，静听的静听。后来到上海办起立达学园，仍延续了白马湖畔的"酒聚"习惯。开明书店开张后，索性名正言顺地成立起"开明酒会"，并且明文规定了入会条件：必须具有一次喝下五斤黄酒的量才能入会，人称"五斤帮"。一次，丰子恺的学生钱君匋也想入会，但苦于只能喝三斤半绍兴老酒，不能达标，年长仁慈的夏丏尊说："君匋积极要求入会，值得鼓励，尺度略可放宽，打个七折吧！"在人们敦促努力达标的呼声中，钱君匋终于破格入了会，而且不负众望，居然不久也能一次喝下五斤绍兴加饭酒了。"五斤帮"留下了一段文人与酒的风流佳话。

丰子恺与张乐平相识在日寇侵华民族危难时期，可谓是"患难之交"，不料相隔三十年后的一场"运动"，成就了他们的另一种"患难之交"。张乐平多次与人谈到和丰子恺的一个"丰牌张挂"的闹剧："文革"中，丰子恺是中国美术家协会上海分会主席，沈柔坚和张乐平是副主席，每次丰子恺挨斗，沈和张总要轮流去"陪斗"。坐"喷气式飞机"、挂写着罪名的大牌子，几个人都是一样的"待遇"。有一次，在闸北一个工厂，他们又被揪斗，造反派不认识谁是丰子恺、谁是张乐平，张乐平一到会场，就被挂上了一块"反动学术权威丰子恺"的牌子推到台上批斗。张乐平好生奇怪：往常批斗大会，总是丰先生主角，而这一次，角色好像换了个，自己竟成了"千夫所指"的主角。低头一看，才发现原来是"丰牌张挂"了。张乐平向造反派头头指指胸前，全场哄笑，闹剧变成了喜剧。挨斗了半天，张乐平与丰子恺走出批斗会场，张乐平捶着发酸的腰，苦笑道："唉，唉！这些造反派真是要命，要批斗我们，连我们是啥人也弄不清楚。竟然'丰牌张挂'！"丰子恺连忙双手合十，对着张乐平连声说："罪过，罪过！害得你替我受过。"后来，丰子恺问张乐平挨批的感觉如何，张乐平说："视而不见，听而不闻。"张乐平问丰子恺的感觉怎样，丰子恺笑着说："处之泰然。"

还有一次，张乐平突然看到丰子恺那飘飘然的白胡须被红卫兵强行剪掉了，张乐平甚为气愤，丰子恺却淡定风趣地说："'文化大革命'让我年轻了。"最让人感动的还是张乐平的这句话："丰老年纪比我大，我代他受过，也好让他少吃些苦头。"

在张乐平心中丰子恺永远是他所仰慕的师长和朋友。

[吴达]

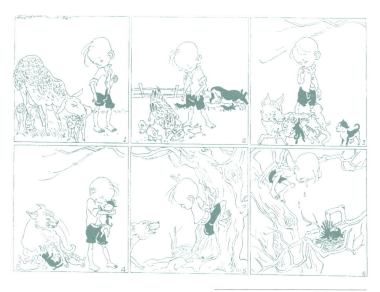

《母爱》，张乐平的《三毛流浪记》。

丰子恺与费新我，
摄于苏州留园。

"坐游"内蒙赞新我

费新我（一九○三—一九九二），擅长中国画、书法，因右手病残而苦练左笔书法，终于在中国书坛脱颖而出。曾任江苏省国画院一级美术师等职，代表作有反映苏绣全过程的长卷《刺绣图》，及描写牧区生活的长卷《草原图》等。

　　丰子恺一生到过很多地方，他曾说自己走过了五省，经过大小百数十个码头，还说过他没有到过内蒙古。当有一幅画放在他眼前，他从头至尾看了一遍后说："仿佛身历其境，眼界为之一新。古人有'卧游'之说，我现在正是'坐游'内蒙古。"

　　这是一幅什么样的画，能使丰子恺如此激赏，产生强烈的审美共鸣，顿生"坐游"内蒙古之感？这幅画就是费新我先生创作的长卷《草原图》。此话还要从20世纪的1956年说起，那时费新我正处在国画创作鼎盛期，他的国画艺术已声誉鹊起。那年秋天费新我应中国美术家协会的邀请，赴内蒙古体验生活，行程七十天，一万三千余公里。他前后历时十个月搜集了近千张素材，积累了百余张草稿，画了二百张左右的大小草图，几易其稿，完成了一幅全长五丈余的《草原图》。这幅图以淋漓的彩墨，绝妙地反映了内蒙辽阔草原的风土人情和壮丽景色。

星河景裹星河转

在创作过程中，费新我为听取同行的意见，曾两次携画专程赶到上海寻师访友。有一次他专门拜访丰子恺，听取对画作的意见。丰子恺为桐乡石门人，费新我是湖州人，比丰子恺小五岁，两人是同乡又是同行，所以十分投缘。就在这次，丰子恺将此画称作"内蒙的《清明上河图》"，感叹地说："新我兄这幅画真是传神，我有幸坐游内蒙了。"

《清明上河图》大家都不陌生，是描写北宋首都汴梁市井风俗的杰作，中国十大传世名画之一，国宝级的书画文物。全图由汴京郊外春光、汴河场景、城内街市三部分组成，因为表现的场景需要，采用了长卷的形式。《草原图》的创作构思方法几乎与《清明上河图》一样，分原野、城市、山岭、国营牧场、牧业互助组五个部分，再以原野结尾，全景式地表现了辽阔草原的美丽风光与风土人情。其实，内蒙大草原要比北宋的东京汴梁的场景辽阔广袤得多，同样是长卷，二者的规制尺幅相去甚远，《清明上河图》长五米多，而《草原图》全长五丈余，《草原图》真是长卷中的巨作，难怪丰子恺对此画会拍案叫绝，还写了一篇专门推介的文章《费新我〈草原图〉读后感》刊登在 1957 年 6 月 18 日的《人民日报》上。文中丰子恺盛赞费新我的绘画艺术："新我兄的笔法自有他独得的特色：线条遒劲，用笔单纯明快。他的线条像书法，他的用笔像速写。这也可说是我们中国美术的优良传统之一。仔细吟味，其中显然含有西洋风成分；然而这西洋风并不破坏中国格调，却反而相得益彰，使这幅《草原图》表示了新时代中国画的倾向。"

丰子恺在欣赏画时还诗兴大发，他接着说：我"游"毕之后立刻想起了斛律金的《敕勒歌》："敕勒川，阴山下。天似穹庐，笼盖四野。天苍苍，野茫茫。风吹草低见牛羊。我就把'天苍苍'以下三句题在这长卷的末端了。我幼时读这古歌时，只是想象漠北旷野的光景而已。今天在这《草原图》中看到了实景的写生，觉得这诗句真是名文，而新我兄这画图真能传神！不然，怎么会使我看了画立刻想起幼时所读的诗句来呢。"

看了费新我的画，丰子恺还联想起他翻译《蒙古短篇小说集》的事："我个人对这幅《草原图》更有一种可亲的感觉。因为三四年前我曾经和青西（即吴朗西先生——编者）及丰一吟三人根据俄文本合译蒙古作家所著的《蒙古短篇小说集》。本来蒙古人民共和国与内蒙古自治区有许多相同的地方，我没有到过内蒙古，更没有到过蒙古，翻译的时候但凭作者的文字描写而想象漠北风光，常常觉得是一种缺憾。现在看了这幅内蒙古《草原图》，仿佛得到证实，'啊，原来如此！'"

那短篇小说中有这样的描写：

　　……眺望远山的淡淡的轮廓、篷帐中发出的烟气、放牧的羊群、马群、缓步跟随羊群的骑马牧人，或者全速奔驰而把轮索投到马群中被注目的马的项颈上去的骑马牧人。……光秃的断崖。它的白皑皑的山岭耸入青空，而山麓隐没在草原的烟雾里面。崖石嶙峋的斜面曝露在灼热的太阳底下，热得连手都不能碰。几乎没有植物，只是在峡谷里和北面的斜坡上可能找到一些矮草。这个地方车子简直无法通过。因此住在这一带的游牧者没有车辆。一切笨重的物件都由牲畜来驮运。

　　青的水，绿的草，白的石头——这一切构成了美丽的图案，可以用来点缀在节日穿的服装上面。

诸如此类的文字描写，现在都被《草原图》的造型表现所证实了。丰子恺说："如果我能够早点看到这《草原图》，也许我的译笔还要生动些。"真是大有相见恨晚的感觉。

在丰子恺看来，费新我独到的特色是线条遒劲，用笔单纯明快。线条像书法，用笔像速写。这也可说是我们中国美术的优良传统之一，这番话正是丰子恺赞美喜欢费新我的理由，其实这也是丰子恺对自己画风的总结。因为丰子恺从费新我的画中看到了自己，找到了知音，所以他才会仿佛身临其境，眼界为之一新，产生"坐游"内蒙古的感觉，还把《草原图》比作《清明上河图》，给费新我的《草原图》点了一个大大的赞！丰子恺与费新我就是这样惺惺相惜，心有灵犀。

费新我是用左腕运笔而名闻遐迩的当代著名书法家。他出生于平民之家，十五岁时到上海一家商号学生意，在典当行里当账房，三十二岁时，立志学习书画艺术，他把原来的名字"省吾"改为"新我"，不顾一切，舍弃了账房的工作，进入白鹅画校，从学习西方美术素描水彩技法开始，走上了他孜孜以求的艺术探索历程。关于费新我的名字还有一种说法，据他的儿子费之雄说："父亲在上海白鹅画校的作业旁总是签上'Fishingwood'这一英文名字，这正与'费新我'的名字谐音，译成成语就是'缘木求鱼'，其本意是爬到树上去找鱼，比喻方向、方法不对，不可能达到目的。但父亲却反其道而行之，表示要知其不可而为之，这是他心迹的倾吐。"

1949年后，费新我步入艺术的春天，创作了大量反映新时代、新气象的画作。1957年他被调到江苏省国画院任专职画师，1958年突患腕关节结核病，使右手致残，这给了他非常大的打击。但费新我凭借着坚强的毅力和智慧，苦练左笔书法，终于在中国书坛上脱颖而出，独领风骚。

费新我题"澄观亭",他以左手运笔而闻名。

成为左笔书法的一代大家,这正是费新我"缘木求鱼""知其不可而为之"精神的胜利。费新我左手书法突破了"左书"的闷塞局促与忸怩逆滞,格局正大。他的书法气象生动,结体多姿,章法错落有致,笔墨酣畅,线条流动,气息连贯,用笔自由,墨色自然,兼有帖的秀美和碑的遒劲。费新我的书画深受丰子恺的影响,他题写的"澄观亭"三字带有丰子恺书法的韵味。

费新我一直仰慕丰子恺,早在1953年,费新我就特地为丰子恺画了一张全身肖像。题名为《缘缘堂主人造像》,画中丰子恺一副眼镜鼻梁上,三绺髯须飘颔下,温文尔雅,一派潇洒风神,颇有古风。丰子恺一见就爱不释手。之后,他出版书籍、画册,扉页上总喜欢印上这幅肖像。数十年后,他的女儿丰一吟把这张肖像视若珍宝,一直精心保存。丰子恺还十分赞赏费新我在人物画、肖像画方面的精湛造诣,特地请费新我为他的恩师弘一法师画了一幅全身像。这幅画像现保存在杭州李叔同纪念馆。

丰子恺与费新我还有一次交集,这要从丰子恺的学生张心逸说起。张心逸也是桐乡人,师从丰子恺学日语和绘画,后经丰子恺介绍结识了赵景深,开始研究中国古典戏曲,著有《诗经新话》,得到丰子恺、赵景深的赞扬。当时正是1973年,这本书是无法出版的,于是他自己制作了一册油印校刊本的《诗经解放新话》,签了名赠送赵景深,在这油印本上就有费新我的题词和丰子恺写的跋文。在那个特殊年代，他们能有缘合作，实属不易。

丰子恺去世后，费新我与丰子恺女儿丰一吟还保持通信联系，在1981年的一次回信中费新我说："1957年6月18日《人民日报》，刊有一篇文，乃丰老为我的《草原图》而写的。"那时费新我七十八岁，他还念念不忘丰子恺对他的赞赏！

[吴 达]

费新我《缘缘堂主人造像》

丰家常客吴朗西

　　著名出版家、编辑家、翻译家吴朗西先生，可以说
是丰家的老熟人了，丰家每个人都与他熟稔。丰子恺的
妻子徐力民还记得 20 世纪 20 年代的往事："吴朗西在立
达学园附近开一小店，就这样和柳静认识了。"这里所说
的柳静，是吴朗西相恋十年而结婚的妻子。柳静是丰子
恺在立达学园教学时的第一批学生，而吴朗西 1922 年在
中国公学读书时，丰子恺是这个学校的教师，教音乐，
只是教的不是吴朗西那个年级。

　　在丰家，有三个人为吴朗西先生写过文章，丰子恺
写过《一次愉快而难忘的合作》，记述为吴朗西的德文译
作——挪威漫画家古尔布兰生的《童年与故乡》以钢笔书
写全文的故事。丰子恺在文章中说："吴朗西兄把它译为
中文，为要保存原书的特色，嘱我代为写字。我从来没
有做过这种工作，但也居然鼓着兴趣写成了。古尔布兰
生的画，充分具有写实的根底，而又加以夸张的表现，

吴朗西（一九〇四—一九九二），现代著名编辑家、出版家和翻译家。是深得晚年鲁迅信任的出版家。曾担任大型《美术生活》月刊、《漫画·生活》月刊的编辑。一九三五年五月，创办文化生活出版社，任社长，聘请巴金任总编辑。与巴金合作，推出《文化生活丛刊》《文学丛刊》《译文丛书》《文学小丛书》等。一九四九年后，主持文化生活出版社的工作；后加入新文艺出版社。

所以能把人物和景物的姿态活跃地表出。他的文字近于散文诗，也很生动。他把童年在故乡所为、所见、所闻的精彩的片段，用绘画和文字协力地表现出了。"

丰子恺的长子丰华瞻写过《朗西先生二三事》，介绍了在吴朗西的建议与鼓励下翻译《格林姆童话》(全套十本)的往事。他说："朗西先生是著名的编辑、出版家和翻译家。他通晓德文，《格林童话》的原文是德文，因此我在翻译时有什么疑问，就去请教他、查原文。"

小女儿丰一吟写过《忆吴朗西先生》，文中回忆丰家与吴朗西家的交往，以及吴朗西先生对于丰家的照顾与关怀：1942年末，丰子恺一家从遵义搬到重庆，借住在好友陈之佛先生的家里。后通过丰子恺的学生陈瑜清先生的介绍，租住了风生书店楼上的房间。这楼房很矮，夏天重庆又太热，所以再次搬家，改租一间比较凉快的叫刘家坟的屋子，直到7月初才搬进自家建造的"沙坪小屋"。这沙坪小屋建造在沙坪坝的正街西

面叫做庙湾的地方，地皮就是吴朗西先生给介绍的。那时，吴朗西夫妇就住在离沙坪小屋很近的叫做"皋庐"的住宅里，两家时有来往。丰一吟那时才十四五岁，经常到皋庐去玩。吴先生有好几个孩子，他们都叫丰一吟"丰姐姐"。有时丰子恺家来了客人，如老友叶圣陶、傅彬然等来访，常带了他们到皋庐去与吴朗西夫妇一起喝酒。殷勤的女主人就到院子里去摘自家种

　　丰子恺之子丰华瞻翻译的《格林童话全集》，丰子恺绘图装帧设计，由文化生活出版社出版。文化生活出版社由吴朗西创办并任社长。

的蚕豆，烧好给他们下酒助兴。

柳静女士在沙坪坝开了一家书店，为纪念她的老师匡互生先生，所以书店取名为互生书店，书店的店招也是丰子恺书写的。说来也巧，柳静的小学老师正是叶圣陶先生，当时正好居住在开明书店的楼上，所以这家互生书店都是通过叶圣陶的关系，以八五折的价格代销开明书店的图书。

抗日战争胜利以后，丰子恺一家辗转返回江南。一路上历经千辛万苦，完全不亚于当时逃难的艰辛。丰子恺率家人从绵阳、广元、宝鸡、郑州直到开封，这时手头的盘缠即将用完，而前方战事纷起，桥梁被炸，交通阻断，社会秩序混乱。几经周折，一家人只得调转方向前往武汉，因为武汉有开明书店，只要有"开明"，就等于有了家。在武汉期间，丰子恺在汉口和武昌各举行了一次画展，这才解决了生活问题以及回上海的路费。大家乘坐长江轮到南京，再换乘火车回到上海。但这时候的丰子恺，虽回到江南，却已是无家可归——在家乡石门的缘缘堂早已毁于日军的炮火。好在有学生鲍慧和让出宝山路的房间暂住，后来丰子恺又搬到杭州，在静江路租屋落脚。

长期颠沛流离，一直到1954年顶下上海陕西南路长乐村的房子才算告终。所谓"顶"，也就是房屋的产权已经收归国有，房子是不能买卖的，就将家具、装修、装饰等一起折合一个高价，转让给后者。"顶"一般是要用黄金交换的，丰子恺凑足这笔钱，有一部分就是因为有吴朗西的相助。丰一吟曾说过："在我家经济生活还很困难的时期，全亏吴先生帮父亲在文化生活出版社出版了几本书，以稿费维持生活。"吴朗西曾在文化生活出版社担任经理，出版社的总编辑是巴金先生。这家出版社在1954年并入新文艺出版社，也就是现在上海文艺出版社的前身。丰家在文化生活出版社出版的书籍有：《童年与故乡》（吴朗西译，丰子恺钢笔书写）、《蒙古短篇小说集》（吴朗西、丰一吟合译）、《朝鲜民间故事》（丰子恺、丰一吟合译），以及屠格涅夫的《猎人笔记》等。

有了这些书的出版，有了这些稿费，再加上丰子恺在香港举办画展的收入和一些"内债"，终于可以在1954年"顶"下日月楼。此后，吴朗西先生成了日月楼的常客，在这里经常可以听到吴先生爽朗的笑声和浓重的四川话口音。

丰子恺在日月楼一共住了二十一年，直到1966年，生活还是比较安定的。

[杨子耘]

丰子恺画吴朗西之女西柳

许钦文

许钦文（一八九七—一九八四），一九一七年毕业于杭州省立第五师范学校，一九二〇年赴北京工读，在北京大学旁听鲁迅先生的『中国小说史』课程，发表小说、杂文受到鲁迅的扶植与指导。一九二六年由鲁迅选校、资助的短篇小说集《故乡》出版，被鲁迅先生列入『乡土作家』之列。一九五五年起先后在浙江省文化局、作家协会、文学艺术界联合会等机构任职。

一桌四凳感丰兄

乡土文学作家许钦文一生最感激的有两个人，一位是鲁迅，另一位是丰子恺。对于鲁迅先生，许钦文曾说过："生我者父母，教我者鲁迅先生也。"而对于丰子恺，虽然许钦文年长一岁，却是一直将其当作兄长看待的。

许钦文原名绳尧，笔名钦文，浙江绍兴山阴人。二十五岁时许钦文便因在《晨报》上发表文章而引起了鲁迅先生的注意，后通过他的妹妹许羡苏结识鲁迅，并与鲁迅结成深厚的师生情谊。鲁迅听说许钦文经济上比较困难，须挣钱养家，平时生活相当节俭，便常常暗中帮助他。据说有一次外出吃饭，鲁迅叫了一盘包子，自己只吃了一个，就将盘子推到许钦文面前，微笑着说："这些就由你包办吃完罢！"鲁迅还在写作上帮助许钦文，使他很快成为文坛上的一颗新星，短短几年里就发表了许多中短篇小说。许钦文出版的第一本短篇小说集《故乡》，就是由鲁迅先生亲自编选、校对并出资，才得以问世的。

后来鲁迅颇为得意地对自己的学生许羡苏说："你阿哥，我扶了几阵，就自己会走了。"

许钦文与丰子恺相识于20世纪的20年代末，缘于丰子恺的学生陶元庆的介绍，当然也有许钦文对丰子恺发表的漫画和随笔印象深刻的原因。后来许钦文因"无妻之累"入狱。出狱后，丰子恺特地前往安慰，对他入狱的这段经历表现出同情，这使得许钦文极为感激。1935年，许钦文在《人间世》发表了一篇《郁达夫丰子恺合论》，文中对丰子恺的为人推崇备至，并对当时社会上流传的所谓丰子恺超脱飘逸的"佛化"之说给予了驳斥。

关于许钦文"无妻之累"的案子，据丰子恺后来回忆，是发生在抗战以前。丰子恺的学生陶元庆有个妹妹叫陶思堇，而许钦文是陶元庆交往密切的好朋友。陶元庆得伤寒去世后，许钦文在杭州保俶山后买了一块地建"元庆纪念室"，另有两小屋及浴室、厕所和厨房。许钦文自己独居一屋，另一屋保姆住。陶元庆的妹妹陶思堇常来纪念室玩，后索性与许钦文的保姆同住纪念室边的小屋，还邀请一湖南籍女友刘梦莹同住。然而不久祸起萧墙，那天许钦文出门办事去了，两位小姐放假不去上学。陶思堇派老妈子到湖滨去买东西。刘梦莹到浴室洗澡，洗好出来时陶思堇拿着刀等在门口，向她后颈猛砍一刀。刘负痛逃出，陶持刀追出，两人在草地上追逐，刘终于力弱，被陶连砍十余刀，倒在草地上的血泊中。陶回到房间，吞下毒药，倒在床上。最后，刘梦莹身中十八刀而死，陶思堇自杀未遂，而许钦文却成了重大嫌疑犯，被捕入狱。

丰子恺与许钦文再次相见，已是抗战胜利以后。根据杭州师范大学陈星教授《慈悲心肠——丰子恺与许钦文》一文记载："丰子恺与许钦文均卜居杭州里西湖，有幸再度相遇。一天，丰子恺去看望许钦文，发现他的家，徒立四壁，很是奇怪。经了解才知是因为抗战期间，许家无人照管，曾被抢劫一空，连门窗亦被拆去。许钦文的家底原本不厚，又为建立亡友陶元庆的纪念堂而负过债，如今却弄得一家人共卧地板，吃饭也只能席地而坐。丰子恺当时依靠卖画为生，生活并不宽裕，但他知道这情况后，又像大哥一样帮助了他。丰子恺立即为许钦文送去了一张饭桌和四张凳子，总算让许家几口能在桌面上吃饭了。许钦文对此非常感激，一直保存着这桌子和凳子，作为他与丰子恺友谊的纪念。"

[杨子耘]

溪南溪北荔枝垂，五月荷花欲卷旗。
忽有酒船邀半路，三杯不记主人谁。
——明·陈献章《次韵柳渡头答乡友》

江流有声，断岸千尺；
山高月小，水落石出。
——宋·苏轼《后赤壁赋》

沈本千（一九〇三—一九九一），一九一八年考入浙江省立第一师范学校，毕业后继续研习书画。一九二三年经潘天寿引荐考入刘海粟创办的上海美专。擅画山水梅竹，并工诗词及篆刻，又谙昆曲音律。曾为浙江省文史馆员、中华诗词学会顾问。

湖畔学画老同学

　　1952 年的一天，位于上海市陕西南路 39 弄 93 号的丰寓日月楼迎来了一位全家都不认识的客人，经来客自我介绍，丰子恺先生才想起原来是三十多年前"湖畔学画的同学"——沈本千先生。

　　这要从 1914 年说起。当时丰子恺以第一名的成绩毕业于崇德县立第三高等小学，并以第三名的成绩考入浙江省立第一师范学校。随后几年，他随单不厂先生学习国文，随夏丏尊先生学习作文和外语，随李叔同先生学习图画和音乐。到了 1917 年，在各位老师的指导教育下，丰子恺的各门学业正常进展，虽不及崇德县立高等小学那样名列前茅，但在李叔同的教导下，音乐和美术两课的成绩算得上是突飞猛进。当时浙江省立第一师范学校非常重视学生的个性发展和培养，学生可以按照自己的爱好组织社团，"桐阴画社"和"乐石社"便是当时比较活跃的组织。丰子恺因为出色的绘画成就，成为"桐

　　丰子恺漫画作品。其中《清泰门外》(左上)是现存丰子恺画作中最早的一幅。这幅铅笔素描习作夹在沈本千学生时代的旧课本中，过了六十年才偶然被发现。

阴画会"的负责人。"桐阴画会"是在学校老师指导下研习"洋画"的课外活动小组，平时利用晚自修时间练习石膏模型与静物，并定期将各人的习作及速写簿陈列观摩。

到了 1918 年，沈本千以浙江省第三名的成绩考入了浙江省立第一师范学校。沈本千的童年与丰子恺颇为相似，很早就显露出绘画的天分。他在私塾读书时，时常把《三国演义》《水浒传》等书中的插图一笔一画临摹下来。因为描画得很好，私塾的同学们看到了都向他讨要。正是由于沈本千从小对于绘画艺术的爱好，他在考进浙江省立第一师范学校以后，很快就成为"桐阴画会"的成员。

据沈本千先生回忆："一次，为了想参加画会，由同自修室的朱胆石陪我去见名闻全校的丰仁（系子恺的学名）。朱君是率直带憨气的人，他开头的介绍词就说：'这个小鬼头，画得很不错，要参加画会。'这位丰仁同学看了我却微笑说：'是，小弟弟。'好像有意纠正了'小鬼头'的称呼，随手端过了旁边的椅子给我坐。接着我就自我介绍说：'我画的是中国画！'意思是要问一下画国画的是否可以参加画会画西画。他好意地向我解释说：'中西画法不一样，画理是不相违背的。曾学国画，再画西画，也有帮助，如能融会贯通，更是画艺的一种进步。'"

这次时隔三十多年的重逢，让两位艺术家感慨万千。他们一起回忆当年沈本千成为"桐阴画会"会员以后，经常参加的各种活动：在杭州的街头巷尾，画写生画速写，捕捉民间生活的鲜活题材，以及逗留在杭州茶楼，凭窗而望，观察路过的行人，探寻他们所需要的画材。他们还一起探讨了中国画的发展前景。丰子恺提出自己的主张：用传统技法，展示新事物，表现时代精神。沈本千非常赞同丰子恺的见解，觉得这位老大哥仍然充满着蓬勃朝气。

在随后的日子里，沈本千与丰子恺保持着通信联系，甚至十年动乱时期也是这样，唯有一封信他思量再三也没敢寄出，是迫于"四人帮"淫威，也是担心丰子恺受到进一步的迫害。那时，沈本千看到一份批斗丰子恺的专刊，上面有"十万人斗争丰子恺"的大标题，沈本千愤怒地写下一首诗《寄慰子恺》：

有理不容辨真假，烁金众口屈难伸！
"斗争"我谓堪矜汝，画笔能当十万人！

沈本千先生还珍藏着丰子恺先生最早的速写习作——《清泰门外》。据丰子恺的女儿丰一吟撰文说："《清泰门外》这幅画，实在来之不易。杭州老画家沈本千是丰子恺在浙江一师的同学。这幅习作就夹在这位老同学在学生时代使用过的一本旧教科书《透视学》中。经过六十年的风风雨雨，老先生偶尔打开书，竟然发现有两幅铅笔素描：一幅画的是杭州清泰门外一妇人牵一孩子的情景；另一幅画一个人力车夫在打瞌睡。两幅署名'丰仁'的速写画安然无恙地躺在那里。其中《清泰门外》是现存的丰子恺所作的画幅中最早的一幅。"

[杨子耘]

哲学与佛学的故事

1971 年 7 月的一天，丰子恺写了封信给远在石家庄当工人的小儿子丰新枚："我身体甚好，肺已入吸收好转期，在家日饮啤酒，早上研习哲学。""研习哲学"？在轰轰烈烈的 1971 年，丰先生还有心研习哲学？原来，就像当时的"革命样板戏"中"有桃木的吗？有！要现钱！"那样的接头暗号一样，这是在特殊年代丰子恺与丰新枚父子之间自定的暗语，所谓"研习哲学"，就是翻译《大乘起信论新释》。

《大乘起信论新释》是学习大乘佛教的入门书，印度马鸣王所著，日本汤次了荣详加注解。丰子恺所藏的这本著作曾两度虎口余生：1937 年缘缘堂被炸的前几天，乡亲抢出一网篮书，此书在内，而其余字画书籍全被炸毁；20 世纪 60 年代阴霾蔽天时丰子恺家数次被抄，因抄家的人不识日文而侥幸留存，留到 1971 年，等着丰子恺去翻译。

广洽法师（一九〇〇—一九九四），一九二一年出家于厦门南普陀，一九三一年经弘一法师介绍与丰子恺相识。弘一大师晚年在闽南期间，洽师随侍大师十年之久。后赴新加坡，任佛教总会主席，为出版《护生画集》等书鼎力相助。一九八三年出资重建缘缘堂。

星河旲裏星河轉

己巳深秋广洽浩上人自
星洲返国与余
同谒弘一大师
墓塔
并邀进
苏杭名
胜
临别合
摄此影
蒋曾永
念
丰子恺
题记

1965年深秋，广洽法师回国与丰子恺
同拜谒弘一大师墓塔并游苏杭名胜，临别合
摄此影藉留永念。

70 年代初期，丰子恺发心翻译《大乘起信论新释》，全家人不免担心他的安全。但丰子恺却自有安排，先不考虑将来如何出版，在哪里出版，翻译出来再说。他坚信，译成后交给广洽法师保存是最可靠的，这部弘法之著终有一天会面世。

到 1971 年年末，十三万字的译稿终于完成，丰子恺在《译者小序》中写道：

> 大乘起信论乃学习大乘佛教之入门书。古来佛教徒藉此启蒙而皈依三宝者甚多。但文理深奥，一般人不易尽解。日本佛学家汤次了荣氏有鉴于此，将此书逐段译为近代文，又详加解说，对读者助益甚多。今将日文书译为中文本，以广流传，亦宏法之一助也。译者搁笔后附记，时一九六六年初夏。

1966 年初夏？这"哲学研习"工作明明在 1971 年完成，怎么《译者小序》写的是 1966 年初夏？原来，当时为避免不必要的麻烦，丰先生特地将翻译时间提前了五年，1966 年初夏那个"运动"尚未开始。还有，为谨慎起见，在译者的署名上丰子恺也避免用真名，而用了"中国无名氏译"字样，真可谓用心良苦。

译稿怎样带出境也是一件麻烦事。一直等到 1973 年年初，机会终于来了：广洽师的好友周颖南先生从新加坡来上海。他来拜访丰子恺时，丰子恺最先想到的就是那包封存了两年的译稿，他便托周颖南先生带交广洽法师。很快，《大乘起信论新释》在新加坡付印，初版二千册。

尽管这部著作的封面上用金字赫然烫印着"中国无名氏译"，但这部书没有排版，是影印的，从手迹来看，知情的读者都会知道这是丰子恺的手迹，而且法师在书后的《跋语》中也写明了译者的名字："余知子恺居士自幼受弘一大师之熏陶最深，高超志行，诚挚度人，不为时空之所限。其选译斯论，以为今后衽席群生共趋真正永久安乐之境界，盖有深远之理想存焉。"丰子恺在给广洽法师的信中也表示："弟自幼受弘一大师指示，对佛法信仰极深，至老不能变心。今日与法师二人合得一百五十岁，而刊行此书，亦一大胜缘也。"

《大乘起信论新释》是佛教中的重要著作，对弘扬和研究佛教起到了不可替代的作用，一直到21世纪的今天，祖国内地还在出版发行这部译作。

[杨朝婴]

南无本师释迦牟尼佛。丰子恺以一百零八笔绘成，赠广洽法师供养，为弘一法师往生纪念。

人生短，佛缘长

新加坡芽笼有个随缘度化的"薝蔔院"，院里开满栀子花，栀子花高洁淡雅，在佛经中称为薝蔔花，这也是弘一法师最爱的花。薝蔔院的创建人是广洽法师，他正是弘一法师的弟子。广洽法师在家时本姓黄，福建泉州人，二十出头在厦门南普陀出家。

1929 年前后，弘一大师一直在闽南讲律著书弘化一方，到厦门后驻锡南普陀寺，而广洽师就在南普陀寺任知客，正好有机会朝夕听从大师的训诲。此后，他作为弘一大师的弟子，十年间侍奉大师左右，生活琐事大小事情一概由广洽师办理。广洽师特别虔诚又勤奋好学，与大师因缘最深，弘一大师特地为广洽师取号"普润"。当时的广洽师不曾想到，数十年后的 1965 年，丰子恺带他到杭州蒋庄引见国学大家马一浮，马老书赠广洽法师一副对联："心香普熏众生安乐，时雨润物百卉滋荣"，"普""润"二字正好巧妙地嵌入对联中。

广洽师跟丰子恺的交往始于 1931 年，他读了丰子恺的《缘缘堂随笔》后深有感触，便通过弘一大师的介绍，开始与同是大师弟子的丰子恺交往。起初他们的交往只限于书信神交，通信达十七年之久却从未谋面，直到 1948 年 11 月，两位挚友终于在厦门南普陀寺首次会面。丰子恺敬绘《弘一大师遗像》赠予广洽法师，题词有记：

今日我来师已去摩掌杨柳立多时

戊子残冬游厦门谒南普陀寺
弘一大师故居友李禅杨柳
广洽上人属指示
作画志感即呈
上人惠存 丰子恺

　　今日我来师已去，摩掌杨柳立多时。
1948年冬，丰子恺随广洽法师拜谒弘一大师
故居，看到大师手植的杨柳，感慨万千，后
作此画送给广洽法师。

先师弘一大师住世之日，与闽僧广洽法师缘谊最深，曾约余来闽相见，以缘铿未果。戊子之冬，余从台湾来厦门，适广洽法师由新加坡返闽南，相见甚欢，而大师已于五年前往生西方，余见广洽如见大师。临歧写大师遗像赠广洽师，即请于星洲薝蔔院供养，以志永恒之追思。丰子恺客厦门。

其实早在 1931 年佛缘已经种下了根。广洽师刚结识丰子恺时，弘一法师曾要丰子恺为厦门南普陀寺广洽法师敬绘释迦牟尼佛像，丰子恺用一百零八笔画了一尊彩绘"南无本师释迦牟尼佛"，广洽珍藏了数十年。

1948 年广洽法师同丰子恺会面后回新加坡，再次回国观光是 1965 年。临别丰子恺特地画了《苏台怀古图》赠与法师，还赠诗一首，最后一句是："孤云野鹤约重来"。

"孤云野鹤约重来"终究未能实现，1978 年广洽法师又来到上海时，丰子恺已去世三年，丰子恺与广洽师的对话，从 1937 到 1975 年，其间丰子恺写给洽师的书信有二百封。

在上海丰子恺曾居住了二十一年的日月楼，广洽师祭于丰子恺灵前，不禁老泪纵横。丰子恺幼女丰一吟万般感动，将父亲用过的极珍贵的汝瓷画具赠与法师。这是弘一法师的遗物，恩师虽离去，但可睹物思人。后来，广洽法师在一篇文章里谈到他的感受时说："当我向其遗像上香献花、为其诵经的时候，不禁悲从中来，老泪潸潸而下，想到我这个方外的知音，无端端地怀着一颗赤裸裸的丹心，离开这娑婆世界……"

虽然方外老友离开了娑婆世界，但佛缘友情仍在。1983 年，丰子恺的故乡浙江桐乡石门镇重建 1937 年被日寇炸毁的缘缘堂，广洽师汇来三万元助建。1985 年 9 月 15 日丰子恺去世十周年那一天，缘缘堂举行重建落成典礼，年逾八十的广洽法师亲自从新加坡来石门镇参加盛典，各地来宾不计其数，石门镇万人空巷。众人感叹，丰子恺若在天有灵，定会看得见。

广洽法师离开石门镇后直奔杭州。在孤山文澜阁的捐赠仪式上，广洽法师亲手将恩师弘一法师和方外挚友丰子恺共同完成的六集《护生画集》完整的原稿——字画各四百五十幅——无偿捐赠给浙江省博物馆，广洽法师表示，丰子恺先生是浙江人，把《护生画集》捐给浙江博物馆是最恰当的。半个多世纪的佛缘还在延续……

[杨朝婴]

丰子恺绘弘一大师遗像赠广洽法师。

朴老感君三代情

1983年一个草长莺飞的春天，桐乡人民政府作出一个重大决定——在丰子恺祖居地按原貌重建缘缘堂。经过一年多紧张的建设，1985年9月15日缘缘堂竣工落成，落成典礼在石门镇隆重举行。那天，嘉宾如云，丰子恺的家人、乡亲、朋友们共同见证了这场盛典。

我国卓越的佛教领袖、杰出民主人士、社会活动家和书法家赵朴初居士为新建的缘缘堂送来了墨宝。赵朴初是丰子恺的挚友，一年前，得知缘缘堂要重建他非常高兴，即作贺诗一首，并挥毫写成条幅。诗云：

恺翁作画有殊征，笔下常存恻隐心。

世界缘缘无有尽，三生松月庆堂成。

条幅后面还有题款："余曾向一吟同志假得子恺先生所作青松明月长如此图，留观三年甫寄归；而喜得缘缘

赵朴初（一九〇七—二〇〇〇），佛教领袖、诗人、书法家。早年从事佛教和社会救济工作，在抗日救亡运动中负责收容和动员工作。后在中国作家协会、中国书法家协会担任领导职务，历任西泠印社第五任社长、中国佛教协会会长、民进中央副主席、全国政协副主席等。

赵朴初与丰子恺相识较早，甚为投缘，对其诗画交融的漫画作品推崇备至，并为丰先生漫画的结集出版多有关心。

堂重建落成之讯，因拈一偈为贺。公元一九八四年岁次甲子之冬，赵朴初。"全文含意深邃，笔迹清逸隽秀，表达了他对丰子恺先生的深情厚谊。赵朴初的这一墨宝，现被陈列在丰子恺故居"缘缘堂"。赵朴初在条幅中的题款给我们讲述了他与丰子恺三代人的一则动人的故事。

赵朴初与丰子恺相识较早，因为都是居士，与佛有缘，同道者也同心同德。赵朴初对丰子恺的漫画一直是推崇备至，对丰子恺漫画的结集出版也多加关心。然而因种种原因，赵朴初一直无缘收藏丰子恺的漫画真迹。直到丰子恺去世多年后的1981年冬天，新加坡高僧广洽法师前来北京，与赵朴初相见，闲谈中说及此事。陪侍广洽法师的是丰子恺的幼女丰一吟，广洽法师便问一吟能否赠送赵朴初一幅丰子恺的漫画，一吟欣然应允。事后，丰一吟犯了难，心想自己虽一直随侍父亲身边，但几经变故自己手中竟没有父亲的画作，她突然想起她的女儿小明倒保存有外公的漫画。于是丰一吟征得小明同意，在其藏品中选了一幅寄给赵朴初。这是丰子恺引唐代古诗《下山歌》中诗句而作的画，题名《松间明月长如此》。这幅画的意境，与唐代大诗人王维的《山居秋暝》相同。王维的原诗为：

　　空山新雨后，天气晚来秋。

　　明月松间照，清泉石上流。

　　竹喧归浣女，莲动下渔舟。

　　随意春芳歇，王孙自可留。

《松间明月长如此》的画面是秋夜月明之时，一株苍劲的古松树下，一对夫妇悠闲地坐在一张方桌两边，一个孩子凭着曲折的回廊。三人正在欣赏远山近水。这幅画的风格一如丰子恺的其他漫画，线条简洁明快，画面清新自然，寥寥数笔勾勒出了一个情趣盎然的古诗境界。

赵朴初收到此画后，非常高兴。他欣赏再三，又为此画赋五绝一首："明月松间照，天伦物我均。抚兹一幅画，感君三代情。"他在复信中将此诗附赠丰一吟，除致谢意外，还说此画借观三年后当原璧奉还。丰一吟收信得诗后也是欣喜不已，美中不足的是这首诗写在信纸上，字太小不能悬挂观赏。她想，朴老长于诗词且书法名扬海内外，何不求其将此诗写成条幅，二美兼得。于是，丰一吟写信给赵朴初说了这一想法。不久赵朴初即回信说，他已将此诗题写成一幅诗堂，并说三年满期，画将璧还。果然不久，赵朴初托人将画从北京带到上海还给了丰一吟。让丰一吟惊喜的是，原画已装裱一新，还新加了赵朴初亲笔书写的那首五绝，题诗之后尚有一段长跋，详细说明此事的缘由：

余爱子恺先生护生画，曾向一吟同志乞其集外遗稿。一吟商之其女，以此画见贻，盖曩年恺翁为外孙女所作者。余报以此诗，且言将璧还。今已留观三年，当践宿诺矣。遂题诗而寄归之。

丰子恺的漫画，早有盛名；赵朴初的诗书，堪称大家。合璧之作，可谓艺德双美。

［吴 达］

松间明月长如此

明月松间照，天伦物我均。
抚兹一幅画，感君三代情。
——赵朴初为《松间明月长如此》题诗

程十发（一九二一—二〇〇七），一九四一年毕业于上海美术专科学校中国画系。一九五六年参加上海中国画院的筹备工作，一九八四年始任上海中国画院院长。他在人物、花鸟方面独树一帜，工书法，他的画具有鲜明的个人风格。

十发继往启新程

丰子恺与程十发都担任过上海中国画院院长。丰先生是 1960 年首任院长，程十发是 1984 年开始任职的。

丰子恺担任上海中国画院院长期间，以他那高尚的艺品人格与巨大的社会影响力，对画院的创建发挥了重要的作用。当时，各个海派名家云集上海画坛，丰子恺任院长，就像竖起了一面大旗，把众多画坛名家，尤其是江南的优秀画家都团结到画院的周围，并引领画院的画师们贯彻"艺术为工农兵服务"的方针政策。而在程十发任院长期间，他承接丰子恺的旗帜，对海上画派的发展起到承上启下的作用，并在改革开放的新时期，从计划经济转向社会主义市场经济，让上海中国画院的画师们除了完成指令性创作任务之外，转而面向新开放的巨大的艺术市场。

早在 1956 年，国务院通过了于北京、上海两地各成立一所中国画院的方案。上海中国画院的筹办，历时

20世纪60年代初，丰子恺与程
十发于日月楼。

多年，尤其是遴选院长的工作颇为费事。当时丰子恺已经六十三岁，打算在安度晚年的同时做一些写作和翻译的工作，所以不愿担任画院院长一职。后来经有关人士"三顾茅庐"才勉强答应下来。但丰子恺提出不拿工资、不坐班、不开会的"三不"要求。后经多次协调，丰子恺的"三不"要求得到了部分同意：拿部分工资，不坐班，重要的会议还是要参加的。就这样，在丰子恺担任画院院长期间，画院的其他领导和画师们都常来丰家，汇报工作，听取建议；丰先生也常去画院走走，和各位画师的关系都十分融洽。

十年动乱时期，丰子恺与程十发都被打倒，关在"牛棚"中。面对疯狂的批斗，画家们自有排遣的方式：时而置之不理，时而幽默以对。据原上海美术家协会副主席徐昌酩先生回忆，有一次，程十发在"牛棚"中，贴了一张"保护动物"的标语，正好一群红卫兵小将来"牛棚"，突然看见这里张贴了一张标语，觉得很奇怪。查问之后，才知道是程十发贴的。这时程先生不紧不慢地解释道："牛是属于动物的，动物是要保护的。"一句话让小将们哭笑不得，但也只能不了了之。

在"牛棚"中，丰子恺自有消磨时光的方法。他每天早上五点即起身，先书写一页诗歌书法，然后便去"牛棚"报到。到了"牛棚"，仍念念不忘他的古诗词，就和一同被关押的唐云一起讨论诗词，讨论平声仄声。有时也会苦中作乐，做上几首"一声诗""全仄诗""去声诗"。对于造反派要求的详细记录每天的所有事项，丰子恺写道：七时早餐。八时学习毛主席著作——《反对自由主义》，老三篇。十时休息，整理衣物，洗脚。连洗脚都包括了，够详细吧？不知道造反派看了作何想。

1975 年丰子恺去世以后，画院的画师们与丰先生的家人仍保持着交往。1981 年，有海外佛教界人士来上海找到丰一吟，欲求得程十发的绘画作品。丰一吟询问了，得到程十发的应允："因为他是丰老友人，而且禅家书画使我发生兴趣，所以命笔或题字我很高兴，这也算是翰墨之缘。而且他人很热心，为宣扬祖国文化而努力，并加以他的画也有造诣，因此我很高兴为他效力。"这件事终于圆满，哪里知道海外友人得到程十发先生的画以后，临走时留下了一千元润笔。那是在 1982 年，上海作为"四人帮"的老巢，余毒还远没有肃清，就连一大批受到迫害的知识分子的政策落实，都还没有完成。所以，程十发坚决不肯收下这笔钱。这可难坏了丰一吟：这笔钱总要有个归属呀！最后她想出了一个办法，先在银行存一年，一年以后如果一切都在向好的方向发展，到时候便将存单交给程十发。结果，一年时限平安过去，同时国内知识分子政策也在不断落实，这笔钱也终于返回了程先生手中。

照现在看来，一千元润笔实在不多，但在那个年月，就如程先生对丰一吟所说："这一点我不说您也明白。"

[朱晓风]

丰神梅骨共芳华

梅兰芳（一八九四——九六一），京剧表演艺术大师。出身于梨园世家，在五十余年的舞台生活中形成独特的风格，世称「梅派」，代表作有《贵妃醉酒》《天女散花》《宇宙锋》《打渔杀家》等。后任中国京剧院和中国戏曲研究院长。

　　在丰子恺的散文随笔里，可以发现一个耐人寻味的现象，即专写梅兰芳的就有六篇之多，从 1935 年的首篇《谈梅兰芳》，到 1947 年的《访梅兰芳》和 1948 年的《再访梅兰芳》、《女人专家》，再到梅兰芳逝世后 1961 年的《梅兰芳不朽》和 1962 年梅兰芳逝世一周年的《威武不能屈》，在丰子恺的人物随笔里，除了写其恩师弘一大师李叔同外，这是绝无仅有的。从 1935 年到 1962 年，丰子恺写梅三十年，用他的六篇散文向我们讲述了他与梅兰芳从神交到知交的过程。

　　丰子恺与梅兰芳第一次见面是在 20 世纪 20 年代的上海，在某个戏院，他们的关系是一个不大欢喜看戏的观众和一个誉满红氍的名伶花旦，台下的观众和台上的演员，此前他们俩素昧平生。

　　丰子恺在《谈梅兰芳》文中一开头说："约十年前，在上海，不记在何舞台，不记所看何戏，但记得坐的位这张梅兰芳蓄须明志的照片，丰子恺极为欣赏。抗战期间，丰子恺家徒四壁的沙坪小屋里只贴着一张从报纸上剪下来的梅兰芳留须的照片。

置很远，差不多在最后一排的边上。因为看客很挤，不容易买得戏票。这位置还是我的朋友托熟人想办法得来的。"这好不容易得来的看戏机会，给丰子恺留下的印象却不太好。他接着说："记得等了好久，打了许多呵欠，舞台上电灯忽然加亮。台下一阵喝彩，台上走出一个衣服鲜丽得耀目的花旦来，台下又是一阵喝彩。但我望去只见大体，连面貌都看不大清楚。故我只觉得同别的花旦差不多，不过衣服鲜丽，台上电灯加亮而已。台下嘈杂得很，有喝彩声，谈话声，脚步声，以及争座位的相骂声。唱戏声不大听得清楚。即使听得清楚，我那时也听不懂，因为我是不大欢喜看戏的，此来半为友人所拉，半为好奇，想一见这大名鼎鼎的'伶界大王'。"但事物都有两面性，尤其是对于丰子恺这样一个浑身充满艺术细胞的大家来讲，正是因为这次看不清姿态、听不清唱腔的观剧感觉，反倒激发了丰子恺对梅兰芳艺术的好奇探求，用丰子恺的话说就是"使我最近得安心地怀着了好感而在蓄音机（即唱机——编者）上听他的青衣唱片"。后来他说：

> 不知何故，最初选了七八张梅兰芳的青衣唱片。乡居寂寥，每晚开开唱片，邻里的人聚拢来听，借此共话桑麻。听惯了梅氏的唱片，第二批再买他的，第三批再买他的，……我的蓄音机自然地变成了专唱梅兰芳片子的蓄音机。而且所唱的大多数是男扮女的花旦戏。因此，青衣的唱腔给我听得相当地稔熟。缘缘堂收藏的百余张唱片中，多数是梅兰芳唱的。

每当晚上打开唱机，皮黄声起，聚拢邻人四方坐，缘缘堂内听梅郎，丰子恺就这样品梅渐入佳境，成了梅兰芳的知音。可惜这些唱片在日寇炮火炸弹中与缘缘堂同归于尽了！

抗战期间，丰子恺全家避寇居重庆沙坪小屋。这小屋简陋之极，家徒四壁，毫无装饰。一天，友人从上海寄来一张从报纸上剪下来的梅兰芳蓄须明志的照片，丰子恺极为欣赏，怀着崇敬的心情将照片贴在墙上。丰子恺在《梅兰芳不朽》中说：

> 墙上只贴着一张梅兰芳留须照片，是上海的朋友从报纸上剪下来寄给我的。我十分宝爱这张照片，抗战期间一直贴在墙上，胜利后带回江南，到现在还保藏在我的书橱中。我欣赏这张照片，觉得这个留须的梅兰芳，比舞台上的西施、杨贵妃更加美丽，有那么高尚的气节。因而更可敬仰。

丰子恺对着照片还在想：现在中原寇焰冲天，烽火遍地，人事难料，人寿几何，不知梅兰芳有否重上舞台之日，他遥祝梅兰芳平安健康，希望自己有重来听赏梅兰芳之福！

此时，听梅上瘾的丰子恺已成了望梅励志的丰子恺，他不仅喜欢梅的青衣唱腔，更崇敬梅的风骨气节。此刻，丰子恺与梅兰芳"神交"了！

1945 年 8 月，艰苦卓绝的中国抗日战争取得伟大胜利，神州大地普天同庆，10 月梅兰芳剃掉蓄须，在上海美琪大戏院粉墨登台，舞袖歌扇庆胜利。演出海报一经上墙，观众热情空前高涨，三天的票一抢而空。消息传来，还在重庆的丰子恺大喜过望，庆幸自己重听梅兰芳之福真的来了！

梅兰芳《贵妃醉酒》剧照

1947 年，丰子恺、梅兰芳、郎静山、陈警聩（自右至左）在上海梅寓"梅华诗屋"合影。

1947 年的梅花时节，丰子恺回上海不久，听到梅兰芳演出的消息，花了当时的三万元买一张戏票，到天蟾舞台去看梅兰芳的《龙凤呈祥》，他在《访梅兰芳》中写道："我坐在天蟾舞台的包厢里，看到梅兰芳在《龙凤呈祥》中以孙夫人之姿态出场的时候，连忙俯仰顾盼，自拊其背，检验是否做梦。弄得邻座的朋友莫名其妙……"这与他第一次看梅兰芳演出的感受完全不同了，因为此时的梅兰芳是丰子恺神交已久的挚友。接着梅兰芳移师到中国大戏院续演，丰子恺一路追着去看，一连看了五夜。这就是丰子恺与梅兰芳的第二次"见面"，一个是复出上台的花旦第一家，一个是追星的粉丝。看完演出丰子恺决定去拜访梅兰芳，这是丰子恺平生头一次"自动访问素不相识的有名的人"。

　　一个阳春的下午，上海马斯南路（现思南路——编者）一幢闹中取静的洋楼中，梅兰芳礼貌地穿戴整齐，出门迎进了丰子恺。让梅兰芳高兴的是，丰子恺这样一位大画家对自己的京剧表演竟如此热爱。

　　这是丰子恺与梅兰芳真正地第一次朋友相见，一次客人与主人四目相对地畅谈。丰子恺文中这样记载："我与梅博士对坐在两只沙发上了。照例寒暄的时候，我一时不能相信这就是舞台上的伶王。只从他的两眼的饱满上，可以依稀仿佛地想见虞姬、桂英的面影，我细看他的面孔，觉得骨子的确生得很好，又看他的身体，修短肥瘦，也恰到好处。……依人体美的标准测验起来，梅郎的身材容貌大概近于凡奴司（即维纳斯——编者），是具有东洋标准人体的资格的。"此刻，画过无数次维纳斯石膏像的丰子恺，内心十分感慨，产生了无限的遐想……

　　惊叹造物主竟能造出如此这般的"美人"。梅兰芳递过来一支三五牌香烟打断了丰子恺内心的感慨。抗日战争胜利后，几乎每个见到梅兰芳

1948年，丰子恺携长女丰陈宝、次女婿宋慕法等赴上海"梅华诗屋"拜访梅兰芳。

的人最关心的就是梅兰芳的战时生活。丰子恺也不例外。他坐在梅兰芳的对面，听梅兰芳讲他在抗战中既平凡又不凡的经历。

在两人谈话中，丰子恺热忱地劝梅兰芳，今后多灌唱片，多拍有声有色的电影，把最美的舞姿声腔长久地保留下来。丰子恺在文中最后说："引导我去访的，是摄影家郎静山先生，和身带镜头的陈警聪、盛学明两君。两君就在梅氏的院子里替我们留了许多影。摄影毕，我告辞。他和我握手很久。手相家说：'男手贵软，女手贵硬。'他的手的软，使我吃惊。"

一年后的 1948 年，又是一个春花烂漫的清明时节，丰子恺同长女陈宝、四女一吟——因受他的影响而深深地爱上京剧的两个女儿，赶到上海来看梅兰芳的《洛神》。第二天丰子恺便到梅寓"梅华诗屋"第二次拜访了梅兰芳，这次登门他带上了两个女儿还有二女婿，他们三人都是梅博士的崇拜者，把到梅府去见梅兰芳看作是一件天大的好事，好比是"瞻仰天颜"、"面见如来"。

在客厅里丰子恺与梅兰芳的手又一次紧握在一起，常说一回生，二回熟，这回他们俩已成故友知交了。一番寒暄后，丰子恺提起《洛神》的舞台场景，希望能摄制有声有色的电影，使它永远地广泛地流传。接着他们二人转了艺术象征表现的话题，梅兰芳说起他在莫斯科所见舞台上投水的表演：一大块白布，四角叫人扯住，动荡起来，算是水波；布上开洞，人跳入洞中，又钻出来，就算是投水。他说，我们的《打渔杀家》则不然，不需要布，就用身子的上下舞动就表示波浪的起伏。丰子恺很认同京剧的象征表现手法，他认为这种表现开门、骑马、摇船，都是没有真的门、马与船，通过演员程式化的动作，全让观者自己想象出门、马与船，这与自己漫画的"寥寥数笔传，弦外有余音"的意境是相通的，这就是中国传统艺术的写意、象征手法和追求神似韵味的古典精神。这次丰子恺与梅兰芳从戏剧谈到美术，两人谈得十分投机。后来，丰子恺想起梅兰芳晚上要上演的《贩马记》，觉得要让他休息，不该多烦扰他了，于是只能依依惜别，起身告辞。但照相留念是少不了的，宾主一起到外面花园去合影。

与梅兰芳的两次会晤，丰子恺都建议梅兰芳多拍些电影，梅兰芳对丰子恺的建议非常重视。经过近一年的筹措，1948 年的 6 月电影《生死恨》拍摄完成，这是梅兰芳的第一部彩色电影。可以说，丰子恺也是这部电影的催生者之一。后来，1955 年梅兰芳主演的昆剧《游园惊梦》电影拍成，1956 年《洛神》由北京电影制片厂拍成彩色电影。

丰子恺曾送给梅兰芳一把亲自书画的扇子，画的是近代作家苏曼殊诗句的意境："满山红叶女郎樵"。

这次丰子恺来上海住在今天福州路上的"振华旅馆"，旅馆的服务员在登记丰子恺的名字时显然并不认识他。隔了一天梅兰芳特地到旅馆来回访丰子恺，真是不巧丰子恺和女儿都不在旅馆。梅兰芳留下了名片，旅馆的茶房们才知道这个丰子恺是有"来头"的，便纷纷去买纪念册来请丰子恺题字。

丰子恺这次去访梅先生的时候，还送了梅兰芳一把亲自书画的扇子。画的是曼殊上人诗句的意境："满山红叶女郎樵"，书写的是弘一法师在俗时赠歌郎金娃娃的《金缕曲》。其词曰：

秋老江南矣。忒匆匆，春余梦影，樽前眉底。陶写中年丝竹耳，走马胭脂队里。怎到眼都成余子？片玉昆山神朗朗，紫樱桃漫把红情系。愁万斛，来收起。

泥他粉墨登场地。领略那英雄气宇，秋娘情味。雏凤声清清几许，销尽填胸荡气。笑我亦布衣而已。奔走天涯无一事，问何如声色将情寄？休怒骂，且游戏。

丰子恺说："书画都是在一个精神很饱满的清晨用心写成的。因为这个人（指梅兰芳——编者）对于这样广大普遍的艺术负有这样丰富的天才，又在抗战时代表示这样高尚的人格，——我对他真心地敬爱。"

中华人民共和国成立后，1950 年抗美援朝战争爆发，丰子恺、梅兰芳参加上海抗美援朝分会，代表文艺界为抗美援朝保家卫国做社会宣传。以后，梅兰芳回北京居住，丰子恺每次到北京开会，都与梅兰芳相聚。

光阴的日历翻到 1961 年 8 月 8 日，一个立秋日的傍晚，丰子恺正在饮酒，女儿一吟神色沮丧地递上一张新到的晚报，上面载着一个惊人的消息：梅兰芳今晨逝世！这仿佛是一个晴天霹雳，丰子恺停杯投箸不能食，扼腕痛心哭梅郎。他强忍悲痛，写了一副挽联寄给追悼会。挽联写道："尽美尽善，歌舞英才惊万国；如梅如兰，清芬高格仰千秋。"

丰子恺怀着沉痛的心情赶到上海兰心剧院参加了梅兰芳的追悼会。此后又写了悼念文章《梅兰芳不朽》刊登在 1961 年 8 月 14 日的《解放日报》

上。丰子恺写道：梅兰芳的"与世长辞，使艺术界缺少了一位大师，祖国丧失了一个瑰宝……"

1962年8月8日梅兰芳先生逝世周年纪念日，丰子恺又在当天的上海《文汇报》上发表《威武不能屈》的纪念文章，深切怀念他的知交梅兰芳。丰子恺在文中写道："日月不居，回忆去秋在兰心吊梅，匆匆又是一年。而斯人音容，犹宛在目前。春秋代序，草木可以零落，而此'美人'永远不会迟暮。只因此君不仅是个才貌双全的艺人，又是个威武不能屈的英雄。他的名字长留青史，永铭人心。"

丰子恺在文中回顾他与梅兰芳的交往，他说："我是抗战胜利后才认识梅先生的。最初在上海思南路梅寓，后来在北京怀仁堂，最后在兰心大戏院灵堂瞻仰遗容。"

丰子恺在20世纪20年代从慕梅开始一直到听梅、赏梅、敬梅、访梅、吊梅、念梅，写梅，他真的与梅结缘一生。

当年丰子恺送给梅兰芳的那把亲自书画的扇子，现在不知珍藏在谁的手中，期待有朝一日，在某个适当的场合，能一睹它的艺术风采，哪怕是照片也好。因为它是丰子恺与梅兰芳友谊的信物，是"丰神梅骨"的见证。

［吴 达］

数学才子诗味纯

苏步青和丰子恺有一个特殊的关系：他竟然是丰子恺次女的证婚人，这是怎么回事呢？

丰子恺家在逃难时期有过一件喜事：1941 年 9 月 7 日，次女丰林先（后改名为丰宛音）和宋慕法结婚了。宋慕法是丰子恺在浙江大学时的学生，他曾到丰家访问，后来还做了他们家的家庭教师，教物理，一直出入罗庄和星汉楼的家里。最后就成了丰子恺的女婿。

丰宛音结婚时，根本没有结婚登记的制度，也没有结婚证书出售，所以丰子恺就亲手用毛笔在一张粉红色纸上写了结婚证书。这张结婚证书保留至今。

苏步青怎么会做证婚人的呢？原来他与宋慕法是温州同乡，又与丰子恺有了较长时间的交往，于是就成了证婚人。从此以后，丰子恺与苏步青的交往日深。

其实早在 20 世纪 30 年代初，苏步青就从丰子恺的同学、数学家陈建功那里听说了丰子恺的名字。他对丰

苏步青（一九〇二—二〇〇三），数学家、教育家、中国微分几何学派创始人，中国科学院院士。在国内外发表数学论文一百六十余篇，专著十多部，在微分几何学和计算几何学领域取得突出成就。曾任浙江大学数学系主任、复旦大学校长、全国政协副主席等职。

結婚證書

宋慕法浙江省平陽縣人年二六歲
民國五年正月十九日子時生
豐林先浙江省崇德縣人年二十歲
民國十一年九月初六日卯時生
今蒙
鄭梅英兩先生介紹於中華民國三十年九月七日下午
陳志超
四時在貴州遵義成都川菜館禮堂結婚恭請
蘇步青先生證婚宜其家室永相敬愛此證

結婚人　宋慕法
　　　　豐林先

證婚人　蘇步青

介紹人　陳志超　周丙潮代
　　　　鄭梅英　倪蘭英代

主婚人　舒鴻　太太
　　　　豐子愷

中華民國三十年　九月　七　日

丰子恺为二女儿丰林先亲笔书写制作的
结婚证书，证婚人是数学家苏步青。

子恺的为人很敬佩，对其漫画也十分喜爱。

抗战胜利后，苏步青知道丰子恺卜居杭州里西湖，便写了一首诗向丰子恺"乞画"：

> 淡抹浓妆水与山，西湖画舫几时闲？
> 何当乞得高人笔，晴雨清斋坐卧看。

这首诗刚写好，还未寄出，苏步青就收到了一幅丰子恺主动寄赠的画。苏步青曾经说："这幅画，是丰先生还不知道我要乞画，主动赠予的，所以我对此感受很深的。"丰子恺的赠画，是一幅以遵义生活为背景的《桐油灯下读书图》。此画勾起了苏步青对遵义生活的回想，他就又写了一首答谢诗，连同乞画诗一并寄给了丰子恺。答谢诗曰：

> 半窗灯火忆黔山，欲语平生未得闲。
> 一幅先传无限意，梦中争似画中看。

丰子恺收到这两首诗后，又据乞画诗中"淡抹浓妆水与山，西湖画舫几时闲"之句作画，送给苏步青一幅《西湖游舸图》。这次，苏步青不仅写了答谢诗，还作了一首题画诗：

> 一舸笙歌认夜游，岚光塔影笔中收。
> 如何湖上月方好，柳下归来欲系舟。

抗战胜利后，丰子恺卜居杭州里西湖。在他家的墙上挂有一幅由他本人手书、数学家苏步青的赠诗：

草草杯盘共一欢，莫因柴米话辛酸。

春风已绿门前草，且耐余寒放眼看。

此诗作于 1947 年春节前后，是苏步青专门写给丰子恺的。对于苏步青以及他的诗，丰子恺有极高的评价。1948 年丰子恺住在杭州西湖边的静江路时，有一天郑振铎来访，丰子恺邀他一同喝酒。他们一面饮酒，一面吟诵墙上苏步青的诗，丰子恺说自己顿觉"酒味特别的好。我觉得世间最好的酒肴，莫如诗句。而数学家的诗句，滋味尤为纯正。……樽前有了苏步青的诗，桌上酱鸭、酱肉、皮蛋和花生米，味同嚼蜡；唾弃不足惜了"。

丰子恺与苏步青的关系一直很好。1956 年冬，苏步青荣获中国科学院颁发的科学奖。丰子恺又为之画了一幅《种瓜得瓜，种豆得豆》图，以示祝贺。据苏步青说，丰子恺送给他的画以及他写给丰子恺的一部分诗稿，皆已在"文革"抄家时丢失。苏步青在晚年时还书写过丰子恺的纪念卡，所书内容即是当年挂在丰子恺家里的那首赠诗。

[宋雪君]

"荷米迎丰"画友情

　　1961 年 4 月，黄山脚下春天的歙县，静谧而有诗意，动容却不矫情，粉墙黛瓦，青山绿水，如诗如画，美不胜收，像是一幅醉人的水墨画。就在这翠拂行人首的季节里，丰子恺夫妇偕女儿丰一吟赴黄山，此次丰子恺有两个任务，一是游名山画写生，二要顺途经歙县会见有通信联系而尚未谋面的画友程啸天。

　　此前丰子恺已托人给程啸天打电话，约他到岩寺丰乐河桥头见面。那天程啸天穿着一身普通农民的衣装，肩上还背着一袋米，就匆匆赶来会面，丰子恺的小车早已停在那里等候。程啸天见到丰子恺后，并无惊喜之情，两人只是象征性地握了一下手，客套寒暄了几句。程啸天的举动让丰子恺大感意外和不解，本想多说几句，也不便开口，一时场面显得异常尴尬。这时陪同人员说："要不车上聊吧。下一站正好有回去的车，可以让程老师在那里下车。"

程啸天（一九一一—一九八四），皖南新安派画家，黄宾虹弟子。十四岁习画，青年时期漫游江浙沪，以卖画为生。浙江习画期间，曾随师张伯英为江浙收藏家鉴定书画，并临摹所藏历代名家作品。程啸天的作品以青绿山水为主。

星河耿耿星河转

大家上车后，丰子恺和程啸天坐在后座，行了约十余分钟，俩人也无话可说。程啸天似乎有些忍不住了，便开口问丰子恺："听说先生是从上海某某院来的，我有一朋友是画院的丰子恺，您熟悉吗？"丰子恺闻听撸撸胡须，微微一笑，说："我就是啊！"程啸天一听吃惊不小："哎呀，原来您就是丰老呀！失敬，失敬，实在不好意思。打电话的人说上海有个顾院长来，我心里一直在想平生不认识什么顾院长呀！没想到就是您呀！"原来是传话人说的是上海国画院院长，"国画"两字与"顾"字有点谐音，引起了误会，产生了一段有趣的插曲。误会解除了，这时两人的手紧紧地握在了一起。大家谈笑风生，喜不自胜。时间过得真快，汽车很快就到了站点，程啸天不得不和丰子恺话别，两人的手迟迟不愿松开。程啸天挥着手，目送着驶往黄山的车子，心里既高兴又有些落寞。

　　程啸天，安徽歙县人，其母为徽州名医方乾九胞妹。1924 年由舅父介绍至浙江崇德商铺做学徒，业余研习国画。崇德与石门二地相距很近，有文章说 1928 年程啸天曾经去过桐乡石门湾拜访丰子恺，后一直随崇德著名画家、丰子恺的好友张伯英学习绘画。

　　1946 年以后，他又拜在黄宾虹门下，得其教诲，受其亲炙，画风浑厚略逊，以青绿山水绘新安风景自成一家。他不仅热爱中国画，对丰子恺漫画也尤为钦佩。1949 年后，他在报纸上得知丰子恺定居上海，便书信一封探问消息，自此两人便取得了联系，以后常有书信来往。

　　中国古代画论中有"外师造化，中得心源"的艺术创作理论。丰子恺自己创作亦是如此，每感创作灵感枯竭、作品题材单调之时，他总要到外面世界走走逛逛，收集素材，用现在的话叫充电。他知道黄山的岩、松、云、泉为风景四绝，很有特色，就决定去游览一番。丰子恺也曾说

客從遠方來 蒼松伸手迎

黄山文林院有迎客松 童芝青
大華飯店 補壁 子愷畫

1961 年春，丰子恺在黄山写生。

过，关于作画，他所确信的是"师自然"。这次丰子恺把大自然的黄山当作了老师，这才有了他的黄山之行。郑逸梅先生在《艺林散叶》也曾几次提到过程啸天，其一说他夜卧床上，时常用手指在腹上勾勒描画，所谓打腹稿，可见他学画很是用功入迷。两位画家惺惺相惜时有唱和，程啸天仰慕丰子恺的才学，丰子恺对程啸天的画作也甚为欣赏。丰子恺曾鼓励他说："贵乡多山水名胜，山水画家必多体验机会。表现祖国大自然美景，实富政治意义，且为人民大众所喜爱也。"

丰子恺游黄山回到上海后，心情十分高兴，曾作散文，述其游踪及观感。另作画三幅寄赠程啸天。这三幅画，画的是徽州景物，记得其一为《群牛图》，题云：辛丑春游黄山写徽州途中所见。这三幅画题材新颖，体现着两位画家的情谊。

程啸天也曾作《迎丰（子恺）图》以为纪念。徽州籍学者曹靖陶先生曾为此画题诗：

> 程生家住歙虹梁，兴来挥笔写其乡。
>
> 山川妙影收画里，不啻手出宾虹黄。
>
> 丰老游山率娇女，约生岩寺共举觞。
>
> 应招荷米生奔往，老人久候巡桥旁。
>
> 两人相见紧握手，心心相印喜欲狂。
>
> 路人惊睹询底蕴，一时佳话远近扬。
>
> 程生作图表其悦，阿聪得之珍重藏。
>
> 要我题诗志颠末，自惭才尽枯吟肠。
>
> 徘徊何止七百步，莫笑衰翁此劣章。

客从远方来，苍松伸手迎。丰子恺画黄山行。

丰子恺女儿丰一吟也有题记："1961年，随先父游黄山道出歙县岩寺与画家程啸天相晤，甚欢。先父尤为高兴，别后程先生为绘迎丰图留念……"记载了这件程啸天"荷米迎丰"的逸事。

后来程啸天曾携儿子程自信到上海登门拜访，丰子恺与程啸天在日月楼前还留有合影。丰子恺写给程啸天的信有六封，最早是1959年底。信中丰子恺有这样的文字："令郎送来新栗一包，至感远惠。""承赐茶叶，收到谢谢。""承赐寄大作并栗子一匣，至深铭感。""前承惠笋干，早经收到。""近作日月楼秋兴诗一首，今另纸写赠，藉留纪念耳。""今乘兴写小画二帧附赠，聊存遗念。""贵友索画，今选旧作二幅附上。"可见他们两位的友谊。最后一封是写在1975年2月，信末丰子恺写道："春寒料峭，手冷不能多写。"其实，这哪里是"手冷不能多写"，这是丰先生肺癌晚期并转移至左脑的征兆。

[吴 达]

"从头再来"墨海缘

沈定庵（一九二七——　），书法家，当代隶书大家，曾就职于绍兴鲁迅纪念馆、鲁迅图书馆，作品多次入选国内外重大书法展览，被故宫博物院等多家博物馆、艺术馆收藏。曾任浙江省文史馆馆员，中国书法家协会理事。

　　沈定庵 1927 年出生，号小山，比丰子恺小二十九岁，浙江绍兴人。出身书香门弟，父亲华山先生是大画家王一亭的入室弟子。他幼承家学，喜习书画，后又得徐生翁先生指授，书法技艺大进，书学取法汉魏诸碑，善于兼收并蓄，融会贯通，擅多种书体书法尤以隶书见长，是当代越中书界隶书大家。他的书法艺术伟而秀，雄而润，厚而劲，格局大气，象韵生动。作品为多家博物馆、艺术馆收藏。出版有《沈定庵书法作品选》《沈定庵隶书二种》《定庵随笔》等，还著有《论王羲之的书法艺术及其思想》《徐生翁先生及其书法艺术》等书法论文。

　　沈定庵自孩提起即性喜文静，在垂髫之年就爱到父亲的画室中翻阅画册，对丰子恺的《护生画集》爱不释手。他印象最深的护生画是《松间的音乐队》，画面中间是一座房屋，旁边三棵高高的松树，天空中一群小鸟正向松林飞来，令人仿佛能闻到叽叽喳喳的叫声。弘一法

家住夕陽江上邨
一灣流水遶柴门
種來松樹高於屋
借與春禽養子孫

好葉唐夫诗

松間的音樂隊

松间的音乐队

家住夕阳江上村，一弯流水绕柴门。

种来松树高于屋，借与春禽养子孙。

师写的是明朝叶唐夫的诗："家住夕阳江上村，一弯流水绕柴门。种来松树高于屋，借与春禽养子孙。"此画此诗，在他幼小心灵中种下了丰子恺漫画的种子。

1952 年盛夏的一天，他在一位居士处获悉丰子恺上海寓所地址。他循着地址，终于在福州路一间里弄房子里，第一次拜见了仰慕已久的丰子恺先生。丰先生热情地接待了他。丰子恺慈祥和蔼，令沈定庵肃然起敬。沈定庵在《墨海因缘》回忆文章中这样描述第一次见到丰子恺的情景："丰先生住所十分简陋，除一张办公桌外，几把椅子，居中挂着一块帘布，把房间一隔为二，前为工作室兼会客室，后为寝室。那时丰先生正与女儿一吟一起从事俄文翻译工作。"沈定庵第二次拜谒丰子恺是在两年以后，那时丰子恺全家已入住在上海陕西南路日月楼新居，沈定庵回忆说："其时丰先生已出任上海美术家协会副主席，底层室内置钢琴一架，壁上悬挂陈毅市长撰句、丰先生手书的对联。"

1957 年，沈定庵用中国传统肖像画技法，为弘一法师造像，画在一张四尺条幅的正中，他冒昧致函请丰先生代为补身题词。后丰子恺回信说："弘一法师的慈容画得很像，且连肤色是极相似。"丰子恺亲自题款"弘一法师造像"，旁署"沈定庵绘，丰子恺敬题"。沈定庵大受鼓舞，欣喜不已。

1961 年，丰子恺携妻女游黄山，曾途经绍兴，至鲁迅纪念馆参观。当时沈定庵在鲁迅纪念馆任职，但不巧正因公外出，未能见到一面。丰子恺返沪后寄来《黄山归来》画作一幅，画面上黄山一牧童横卧牛背上，怡然自乐。信中还附照片一张，是丰子恺在黄山写生时所摄。

沈定庵自 50 年代初期拜识丰子恺后，收藏有丰子恺珍贵书画已达三十件左右，其中一幅题为《努力惜春华》册页小品，画着两个天真活泼的儿童在努力浇灌花卉，意味深长，沈定庵说这是丰子恺要他珍惜年华。不幸的是，如许珍贵的漫画、照片，都没逃脱一场文化浩劫。在那段日子里，沈定庵自己也被独处审查，但沈定庵一直惦记着丰子恺，1973年沈定庵的审查一结束，恢复了人身自由，就赶到上海拜望一别多年的丰子恺。劫后重逢，互诉衷情，感慨万千。沈定庵伤心地告诉丰子恺，他所藏字画已毁于一旦，只见丰子恺把头一仰，大声道："定庵，从头来过！"丰子恺掷地有声的话语，在沈定庵耳边回响。丰子恺还赠沈定庵一幅鲁迅名句"横眉冷对千夫指，俯首甘为孺子牛"的书法。告别时，丰子恺与沈定庵的手紧紧握在一起，互道珍重。以后丰子恺与沈定庵互有书信往来。1974年，丰子恺留有两封给沈定庵的书信，信不长，兹录如下：

定庵贤棣：

　　永高送来绍兴乳腐昨已收到。我爱素食，此物最宜佐膳。殊深感谢。近日秋凉，晴窗写诗，附赠一纸，聊供清赏。

子恺顿首

定庵兄：

　　前寄"家住夕阳江上村"小画一幅，想必收到。兹有托者：我闲居无事，想看《官场现形记》。家中原有一册，久已损失。不知贵处能借到否？但恐此种旧书，已不通行，无处物色耳。

　　冬安

子恺　上

显然丰子恺知道沈定庵自小就喜欢"家住夕阳江上村"这幅画，特地画了送他的。

　　1975年秋，丰子恺去世，沈定庵得此消息，忍不住流泪满面，回忆起他1973年与丰子恺的那次道别，感慨万分："……谁料此次一别，竟成永诀，能不悲哉！现在，丰先生的音容笑貌虽已成永逝，但'从头来过'的名言，今犹时时给我以鼓励和鞭策。"

[吴 达]

世上如侬有几人

毕克官（一九三一—二〇一三），毕业于中央美术学院绘画系，擅长漫画、漫画史理论。曾任中国美术家协会《漫画》《美术》杂志编辑、中国艺术研究院美术研究所所长等职。发表过研究「子恺漫画」的文章四十余篇。

红马绿狗童趣图

　　1959 年的一天，漫画家毕克官先生收到一封来信，是丰子恺寄来的。他拆开一看，信中附了一幅小画，画的是一匹红马，背上驮了一只浅绿色的狗。红马背绿狗？毕克官先生迷茫了，这是干什么？红的马还背着一只浅绿色的狗？再看完了信，他恍然大悟：原来，毕克官曾给丰先生写信，述说带孩子的艰辛。丰先生在给毕克官回信前，也是一面抱了小孙女，一面画画给她看。他把这张画寄给毕克官，其实是在告诉他，还可以一面带孩子，一面描画一些简单的画面。这样既可以提升孩子对于美术的兴趣，同时还可以潜移默化地通过绘画让孩子知道一些成语典故。原来，这张红马背绿狗的图画，就是一份图画教材！

　　大家知道，丰子恺是一个"儿童崇拜者"，他曾在《漫画创作二十年》中说过："我作漫画由被动的创作而进于自动的创作，最初是描写家里的儿童生活相。我向

一拳頭
摔到你
含山頭
囲斬来
我叫三声狼
寒

六六家門前八株竹，
八哥八哥住在六六家内，
前八株竹上宿。拿了八
把弹弓提撞八哥哥，
家内前八株竹上八，
只八哥勿许住在八
六六家門前
八株竹上宿。

1942年，丰子恺画给小儿丰新枚（小名恩狗）的画。

来憧憬于儿童生活。尤其是那时，我初尝世味，看见了所谓'社会'里的虚伪矜恣之状，觉得成人大都已失本性，只有儿童天真烂漫，人格完整，这才是真正的'人'。于是变成了儿童崇拜者，在随笔中漫画中，处处赞扬儿童。"他还说："最近我的心为四事所占据了：天上的神明与星辰，人间的艺术与儿童。"作为一名画家，一名作家，把儿童与神明、与星辰、与艺术放在同等重要的地位，这无论在当时还是现今，在文学作品中还是在现实生活中，都是不多见的。

丰子恺在工作之余，最多的是与孩子在一起。他有七个孩子，等到这些孩子一个个长大了，他又与孙辈们在一起，与他们一起唱儿歌，给他们讲故事，画漫画给他们看，与他们一起念古诗。比如一幅《八六六》，是丰子恺画给小儿丰新枚（小名恩狗）的，记录的是一首儿歌："八六六家门前八株竹，八只八哥住在八六六家门前八株竹上宿，拿了八把弹弓赶掉八六六家门前八株竹上八只八哥，勿许住在八六六家门前八株竹上宿。"

另一幅，也是画给丰新枚的。画的内容也是一首故乡的儿歌："一拳头，摔到你含山头，回转来，叫我声三娘舅。"这种活泼滑稽的画面，都是小孩所喜爱的。而时隔多年，那张丰子恺寄给毕克官的"红马背绿狗图"，到底讲述了怎么样的一个故事，现在已难以考证。也许是一个像《听我唱歌难上难》那样滑稽有趣的童谣："奇唱歌，怪唱歌，鱼吹笛子蛋唱歌，冬瓜敲大鼓，黄瓜打大锣，茶壶吹喇叭，茶杯在打架。"其实这些已不重要，毕克官先生肯定明白，这是在传授一种方式方法，培养后代教育子女的方式。就像以前丰子恺用一本画册《云霓》的实例来教毕克官绘制漫画的选材："这一本里的画，都来自生活。是我亲眼看到，有亲身感受，当场描下的速写。离开了生活，我画不出来。"也像丰先生教毕克官诗词创作时所说：要像诗人那样"练就一双很厉害的眼睛，能从复杂的世态中，能从表面现象中看出有意义的东西"。

后来毕克官去拜访丰子恺先生的老友、教育家叶圣陶先生，叶老也提到了丰子恺在这一方面的贡献。他说，丰子恺不是死板地讲道理，而是写得很生动。要做到这一点，是很不容易的。作为艺术启蒙教育家的丰子恺，在对待为青少年写作这件事上，也和他创作儿童画一样，是设身处地地理解他的小读者，并为他们着想的。因此，他才能成功地写出那么多受到小读者和成年人欢迎的通俗读物。

[杨子耘]

丰子恺带孩子时常随手教孩子画画，这是丰子恺画给外孙女崔东明（丰一吟女儿）的简笔画。

取名用字起风波

在那凄风苦雨的年代，有一天，丰子恺的儿子——在北京人民音乐出版社当编辑的丰元草，急匆匆地来到毕克官的家中。当时整个政治环境已变得极为躁动：高音喇叭不断播放着激进的乐曲；游行队伍不时走过，高呼着各种口号；小道消息在街巷里不胫而走。丰元草这次来毕克官家，主要是为了通报一些情况：上海，"四人帮"的老巢，正在严厉批判丰子恺，把他列为上海市十大重点批判对象，所列举的罪行是"反动学术权威"。另外还有一桩重要的事，为免受丰子恺被批判的牵连，让毕克官两个孩子赶紧去改名。

毕克官的两个孩子，名字都是丰先生取的。毕克官第一个孩子出生时，他曾写信把这消息告诉老师丰子恺，并请老师给起个名字。几天后，丰先生的回信来了，除了祝贺毕克官得一女儿之外，还寄赠了一幅画——《樱桃豌豆分儿女，草草春风又一年》，画上还有题字："此画为我六月一日儿童节所作。克官来信言是初生女婴，特命名字宛婴。""宛婴"两字与"豌豆""樱桃"谐音。后来毕克官又得一子，同样请丰先生取名。丰子恺以自己的姓氏"丰"的谐音"枫"和他的妻子徐力民的"民"字，给取了毕枫民。

这时确实有点迫在眉睫了。这一年，单位里已经有人对毕克官指指点点，说他崇拜丰子恺，在一次讨论毕克官入党的会议上，说他"另类"，不向革命老干部学习，却以丰子恺这样一个佛教居士为师，去看望丰子恺还带去了北京的特产蜜饯。结果支部决定暂停表决，还勒令毕克官写检查。

这事确实相当尴尬：一方面是喧嚣一时的汹涌浊浪，另一方面是自己的老师，正是因为在中学时代偶然看到丰子恺先生的画集《民间相》，那巨大磁力吸引毕克官走上漫画创作的道路。怎么办？丰先

一吟同志

谨以这篇学习笔记　纪念

先师五周年忌辰　并敬祝

师母身体安康　此致

敬礼

毕克官 八九·八北
京

毕克官给丰子恺女儿丰一吟的信

生是那么爱孩子，无论怎么样都不能让孩子受到影响吧？于是赶紧去派出所改名，毕宛婴改为毕万缨，毕枫民改为毕为民。等到形势逐渐平缓，毕克官又把毕万缨名字改回了毕宛婴，而由于派出所的一些原因，毕为民户口本上的名字未能更改回来。

说到取名，丰子恺家后代的名字，大多数是丰子恺给取的。丰子恺取名很有特色，他从来不用怪字生僻字冷门字，也不会紧跟形势取"胜利""抗美""国庆""卫星"之类的名字，而是大多与孩子出生的时节有关，如菲君（芳菲之君，4月）、雪君（出生日正逢下雪）、樱时（樱花季节）、眉春（初春）、朝婴（农历二月十二花朝日）、子耘（耕耘时节）等，唯一一次与时事有关的是为外甥取名。那是在抗日战争爆发时期，丰子恺为了

櫻桃豌豆分儿女，草草春风又一年（左）

红了樱桃，绿了芭蕉（右）

表达对日本帝国主义侵略的痛恨，为他的嫡亲外甥取名蒋镇东，寓意为镇住肆虐的东洋鬼子。但到了某个非常时期，其引发的联想会让人毛骨悚然。"蒋"么正好与某人同姓，"东"么又与某伟人多少有点关联，这比起毕宛樱、毕枫民来，不知道要严重多少倍！最后也是靠改名渡过难关，改了个相对安全又谐音的名字：蒋正东。

"四人帮"肆虐终究不会长远，可惜丰子恺没有亲眼看到。对丰子恺的平反，从1969年开始便一拖再拖，直到1975年丰子恺去世都没有被"解放"——毕竟是"四人帮"的根据地，有的人还在耿耿于怀，还在怀念打、砸、抢肆无忌惮为所欲为的日子。但毕克官子恺等不及了，他写信给时任上海市文化局副局长的沈柔坚，催促抓紧办理。

直到1978年6月，也就是粉碎"四人帮"两年以后，上海市文化局党委终于作出复查结论，撤销原审查结论，为丰子恺平反。毕克官在写给丰子恺小女儿丰一吟的信上说："得知丰先生已得市里批准平反，甚是欣慰。早在一个多月之前，我曾写了一信给市文化局副局长沈柔坚同志（与他相识），专门谈了我对此事的看法，并提了你家姊妹写了悼念文章未予发表的事，谈了我个人认为市里对此事旗帜不鲜明、政策落实不有力的意见。如今批准平反，这就对了。你写的纪念文章，其中一定要提到张春桥做报告大骂丰先生一事。我认为这是直接迫害（而非群众所为），我之所以认为当平反，原因就在这里。"

［杨子耘］

内山完造

内山完造（一八八五—一九五九），日本冈山人，一九一六至一九四七年在中国经营内山书店，销售进步书籍及当时被禁的鲁迅著作。内山结识了不少中国文化界进步人士，并结下深厚友谊，为中国进步力量作了很多贡献。晚年从事日中友好工作。

日本朋友内山君

1956 年在上海的航空门户龙华机场，一架客机正徐徐降落。搭乘这架客机的有中国人民的老朋友——内山完造先生，而在前来接机的一行人中，有巴金先生和丰子恺先生。

内山完造先生一眼便在人群中认出了十几年没有见面的老朋友丰子恺。他们俩的相识，还要从 20 世纪 20 年代的老上海说起。那时候，丰子恺从日本留学回来，便开始了笔耕生涯。为寻觅参考书以及适合翻译给国人阅读的书籍，丰子恺经常光顾位于上海北四川路魏盛里的内山书店。丰子恺第一次见到鲁迅先生，就是在内山书店里，还是内山先生给介绍的。丰子恺在《欢迎内山完造先生》一文中介绍说："内山书店不像一爿书店，却像一个友人的家里；进去买书的人都坐着烤火，喝茶，吃点心，谈天。买了书也不必付钱，尽管等你有钱的时候去还账，久欠不还，他也绝不来索。内山先生结交中

1956年丰子恺与葛相兰、内山完造等友人在上海。（上）
1960年丰子恺与葛祖兰、吴朗西等友人于上海万国公墓祭拜内山完造。（下）

国许多进步文人，十分同情他们在黑暗时代的苦痛生活。内山夫人美喜子也绝不像一个书店的老板娘，真是一位温良贤淑的好主妇。这书店原是她在北四川路魏盛里的小屋子里开始创办，后来扩充起来的。我从她手里不知喝过多少杯日本茶，吃过多少个日本点心。内山先生是日本人，同时又十分熟悉中国情况，十分同情中国人民。所以他实在是中日友好的识途老马，一定能够帮助引导中日友好走上光明正确的路径。"

话说回来，在迎接内山完造去锦江饭店的路上，丰子恺邀请内山先生到功德林素菜馆吃饭，内山先生欣然答应了。席间，内山先生讲起了一段往事：那是日本战败投降后的第二年。一天，丰子恺由女儿陪同来到内山书店，求购《夏目漱石全集》。那时店里正好有一套，但缺了三卷，只有十七卷。丰先生听到这一情况，便说："就这样行啦，缺少的卷数，将来能够补齐的话再寄给我吧。要多少钱？"内山完造开的价钱是法币十七万元。丰先生一听便说："太便宜啦，谢谢谢谢！"就这样带着新买的《夏目漱石全集》回去了。临走前还说了声："内山先生，你不要回去啊，就住在上海吧。这里有很多朋友，生活上不用担心，安心住下去吧。"过了不久，内山先生又得到了《夏目漱石全集》所缺三卷中的一卷，于是赶快邮寄给丰子恺，同时还附言写明了这一册书的价款是一万元。过了几天他收到丰先生寄来的挂号信，心想一定是把那一万元寄来了，岂知拆开信封一看，原来是一张十万元邮政汇票，还附了一封信，信中写道："内山先生：《夏目漱石全集》缺卷一册收到。这部全集实在过于便宜，因此奉上十万元，尚希收下。"

内山完造看后吃了一惊，他陷入了沉思：

1975 年 2 月 22 日内山完造的胞弟内山嘉吉写给丰子恺的信。内山嘉吉是日本美术家，曾热心赞助鲁迅创办我国第一个新兴木刻讲习班。

"即便这部《夏目漱石全集》的书价过于便宜，但毕竟是双方愿意而成交的，因此，现在也只要把这一册的价款一万元寄来就可以了，但是却寄了十万元来……尽管丰子恺先生是中国近代的大德弘一法师的弟子，但单凭这封信里所谈的来说，这件事无论如何还是一个谜。我到邮政局去取款，邮局职员特地给我打招呼：'您就是内山先生吗？'内山先生是鲁迅先生的老朋友，是上海的老朋友，是中国的朋友啊！'大家对我表示了我所想象不到的赞扬。这时候，我终于从丰子恺先生的来信获得了解释。丰先生一定是由于看到我独自一人经营着一家旧书店，因而引起了同情心，他一定是在想要用什么办法来帮助我。"

内山完造动情地讲完这个故事，在座的十来位就餐的友人都感到十分吃惊，但丰子恺却微笑着说："有过那样的事吗？那部《漱石全集》还没有补齐，但我至今还保存着，作为对您的珍贵的纪念。"

内山完造读过丰先生写的《教师日记》，知道丰子恺的老家在日军柳川部队杭州湾登陆后全部被烧毁，也知道丰子恺为了逃避战火，带着老少十余个家属踏上极其艰难的逃难之路，而这一切都是日本政府和日本军队造成的。可丰子恺并没有因此对内山先生说点什么，还以那样的行为来对待他，对于这种世所少见的善行，内山完造是从心底里表示感谢的："像丰子恺先生这样体贴人心，在日本人中是很难得看到的，在中国人中也是少见的，因此内心非常感激。"其实丰子恺对内山完造应该也是怀着感激之情。在他刚刚涉足文坛时期，有内山书店这样一个地方可以阅读可以交流，还在这里认识了仰慕已久的鲁迅先生。更重要的是，丰子恺的恩师夏丏尊在上海沦陷时期被日本宪兵抓去，关押在大桥监狱，多亏内山完造多方奔走，才得以释放。

1959 年内山完造以日中友好协会副会长身份来华访问，在北京因脑溢血病逝后，内山家与丰家仍有交往，内山完造后来的妻子内山真野和弟弟内山嘉吉，都与丰子恺的女儿丰一吟保持着通信往来。他们互相问候，探讨日本古典名著《源氏物语》翻译的一些问题。

[杨子耘]

眼如明镜择嘉婿

浙江桐乡崇德镇（今崇福）有一条老街叫横街，不宽，不长，名人老宅却有近十处。在横街西寺弄东侧有一座院落，当地人称"徐家"。此地原本是明代布政使劳永嘉府第，但到了民国初年，劳府前二进已为地方民绅徐乃宣的住宅。徐乃宣先生字力臣，号芮荪，出身于书香望族，父亲徐学全曾为五品官员，祖父徐廷銮做过黄岩、富阳等地的县学训导。徐芮荪宣光绪九年癸未科试以第二名的成绩考中秀才，后以贡生入太学，民国初年他任过崇德县军政长、县督学、县教育会长等职，还是当地的律师，人称徐三老爷。

徐三老爷有二子二女，长子徐家隽为人忠厚，在当地典当行工作；次子徐家黻参加过辛亥革命，可惜患病早逝；长女徐力民和次女徐警民是徐三老爷的掌上明珠。徐力民在当时是为数极少的接受过文化教育的女性，她在崇德教过多年书，后来又在她大姑母丰瀛创办的振华

徐芮荪（一八六五—一九二九），丰子恺岳父，出身于桐乡书香门第，一八八三年考取秀才，后以贡生入太学，学问深厚。辛亥革命前与革命党人陈英士秘密联系，为光复崇德县城出谋划策。他扶危济贫，是当地知名乡绅。

女子初等学校教课，学校就设在横街的徐家老宅里。

徐芮荪是一位开明人士，1915 年他在崇德东岳庙创办崇德县贫儿院，招收了五十名学生，除一般文化课程外，还教儿童学习藤工和毛巾编织。他不收学费，酌量供给衣食，使贫苦学生学得谋生本领，开创了贫儿院书塾与职业教育并行的先例，因此他在当地口碑极好。

徐芮荪同时在崇德县教育部门有职位，十分注意县重点学校毕业生中的优秀学子。为了女儿终身大事，他便"利用职务便利"一直在物色乘龙快婿。1913 年崇德县举行小学会考，崇德县立第三高等小学校十六岁的丰润（即丰子恺）表现极为出色。当时的作文题目是"五金之中何者为贵论"，丰润以逆向思维构思文章，将"贱金贵铁"立为中心思想并大加发挥，立意新颖，措辞典雅，阅卷老师颇为赞赏，此次会考丰润名列前茅。身任督学的徐芮荪爱才心切，立刻亲自阅读考卷，并调来丰润以往的文章细细审阅，但见每篇都立意不凡，才气十足，再加上丰润竟是当年与自己考取同科秀才的丰镐的儿子（丰镐后中举人），且在当地有"小画家"的美誉，便几次借视察学校之机，到学校去看望丰子恺。徐芮荪觉得这小伙子虽然腼腆，但相貌清秀，极具灵气，便赶紧央媒人到丰家为长女说亲。

当时丰子恺父亲丰镐已故，丰家家道中落，丰母钟云芳觉得徐家是崇德望族，自感不敢高攀，便婉言谢绝这门亲事。但徐芮荪再次央媒上门说亲，以女儿的贤淑为说辞，丰家被徐家的诚意所感动，答应了婚事，当年正式定亲。

1919 年春，即将从浙江省立第一师范学校毕业的丰子恺回故乡石门湾与徐力民举行婚礼。徐家的嫁妆丰厚，崇德县城的送嫁妆队伍绵延飘红，浩浩荡荡，一路吹吹打打送到石门湾。除四橱八箱、枕山被山外，

1919 年，丰子恺、徐力民
夫妇新婚照。

连米、水，甚至做寿材的椴木也用红绫包扎作随嫁，徐家还陪嫁了一个丫头，及丫头的嫁妆。新娘陪嫁之多，一时轰动石门湾。

结婚后凡满月、重满月、过年、过节，这对新人就会一起回娘家，这是徐家最热闹的时候。岳母准备了各种糕点糖果，在大客堂里明晃晃的汽油灯下，丰姑爷和孩子们再加上丫头一起玩捉迷藏，他会被蒙上手帕做"盲人"，有趣的是这位新姑爷由于地形不熟、动作笨拙总是捉不到人，在一片嘻嘻哈哈声中跌跌撞撞。家中像办喜事也像过节，徐家平时一板一眼的严肃气氛一扫而光。

"武"的游戏做完了，丰姑爷还会领大家做"文"的游戏。丰姑爷就地取材，趁热捏蜡烛油，做成小人人和小动物，再用彩色纸剪裁成衣、袍、裙带给小蜡人穿戴起来。有时丰姑爷会把这群蜡人配成一出戏，他先写好唱词对白，各人分配好角色，唱念做打样样俱全。此时的丰姑爷是导演，小朋友们玩乐的同时又增长了知识。

丰姑爷平时对长辈彬彬有礼，对其他人（包括小丫头）平易近人，态度和气，深受徐家的欢迎，他也为这幢老屋带来了勃勃生气。

婚后一个多月，为了培养妻子的美术素养，丰子恺将新婚妻子带到上海，把她送进杨白民先生创办的城东女学专修科学习图画。后来儿女陆续出生，不同于大户人家的千金，贤惠的徐力民一手操持起全部家务，让丰子恺一心创作无后顾之忧。据大女儿丰陈宝回忆，每个季节孩子们的衣物全靠母亲打点，她为孩子们做鞋之多以箱计，因此，丰子恺也就有了"新阿大，旧阿二，破阿三，补阿四"活生生的漫画。另外，这些孩子的名字多由满腹学问的外公取定，所取之名都有出典。

婚后不久丰子恺东渡日本留学，所需资金中有老丈人的鼎力相助，也有姐夫周印池等亲朋好友的帮忙。丰子恺晚年在随笔《老汁锅》中曾谈及他的岳丈：

  芮菽先生在乡当律师，一有收入，便偕老妻赴上海、杭州等处游玩，尽情享乐。有一时我在上海当教师，我妻在城东女学求学，经常分居。听到老夫妇来上海，非常高兴，我俩也来旅馆同居，陪

小大衣

两老一同游玩。我曾写一对联送我岳丈："观书到老眼如镜，论事惊人胆满躯"。并非面谀，却是纪实。可惜过分旷达，对子女养而不教。儿子靠父亲势力，获得职业。但世态炎凉，父亲一死，儿子即便失业，家境惨败，抗日战争期间，我带了岳母向大后方逃难，我的妻舅及其子女在沦陷区，都不免饥寒。

说起带着岳母逃难真是一路艰辛。一家人加亲戚共十数人，岳母最年长，七旬老人且裹着小脚，跟着一队人马着实不易。好不容易逃到桐庐，因时局太紧张，丰子恺曾万般无奈羞愧难当地将岳母托付给船形岭一青年美术教师黄宾鸿，离别景象十分凄惨。下山路上孩子们一路挂念着外婆，不过没多久大家准备上船出发时，惊喜地发现山下竟还通公交，丰子恺立即派人火速上山将岳母接回。从浙江桐乡缘缘堂一路逃往西南诸省途中，丰子恺常想方设法找人背岳母、出重金雇轿子抬岳母，无论如何也得带着孩子们的外婆，同甘共苦在所不辞。

丰子恺的岳母没能熬到胜利返乡。1945 年抗战胜利前夕，岳母不胜路途风霜之苦，在重庆病逝。出殡时，丰子恺以岳母的口吻写了一副挽联："我无遗憾，但望于凯歌声中归葬故里；尔当自强，务须在国难声中重振家声。"尔，即岳母的孙子徐岳英。抗战胜利后，岳母棺木被运回故乡安葬。

[杨朝婴]

一只新枚酒一杯

丰子恺的幼子丰新枚 1938 年抗战逃难时期出生，因丰子恺在汉口看见大树被砍后春来怒抽条的蓬勃气象而取名新枚。新枚之上有六个兄姐，比最小的姐姐丰一吟小九岁，自然全家都疼爱他。尤其疼爱他的是中年得子的父亲，他特地为新生儿立了《新枚纪念册》，精心贴上自绘的家乡石门镇上的缘缘堂图，新枚住院时的种种纪念品，甚至连住院发票也贴在册子上。随着新枚渐渐长大，他画过一批小画，记录小新枚种种生活点滴，这些童趣盎然的小画只有爱心满满且观察细致入微的画家父亲才画得出来。

丰子恺笔耕之余常常一边喝黄酒一边吟诵古诗词。自从多了个新枚，他总爱把他抱在怀里，喝酒吟诗其乐融融。有一次兴起，把晏殊的浣溪沙《春恨》"一曲新词酒一杯……""篡改"了一下，念为"一只新枚酒一杯，去年天气旧亭台。夕阳西下几时回？"陶醉在美酒、诗词、

丰新枚（一九三八—二○○五），丰子恺之幼子，小名恩哥、恩狗。天津大学精密仪器专业学士，中国科学院硕士。一度在华北制药厂当工人，后长期在香港永新专利公司任高级经理，从事商标和专利代理工作。精通六国外语，熟读古诗词数千首。

丰子恺与幼子丰新枚于上海襄阳公园。

父爱之中。

小新枚的哥哥姐姐已经是大孩子了，丰子恺给他们订了制度，每天轮流负责管小弟弟。孩子们经常喜欢用石门话集体吟唱古诗，牙牙学语的新枚在一旁听着，竟也会含混不清断断续续地跟着，当哥哥姐姐们唱到"应作云南望乡鬼，万人冢上哭呦呦"（白居易《新丰折臂翁》）时，话也说不清的新枚会适时提高八度拉长调子："呦……呦……"后来此事一直是家人的笑料。

抗战胜利后，一家人辗转上海，定居陕西南路长乐村。丰新枚如愿考上格致中学，虽然已决定投考理工科大学，但受家庭熏陶，他对古文及诗词仍非常感兴趣。在新枚的主动要求下，父亲每周给他上三次课，读《古文观止》、四书中的《孟子》，以及历代古诗词等。新枚最感兴趣的还是唐宋诗词，到高三毕业，居然能背出二千多首诗词。

1959 年丰新枚考取天津大学，学精密仪器专业。这些理工科跟诗词沾不上边，但父子通过书信往来，仍保持着阅读欣赏古诗词的好习惯。同时，丰新枚在父亲的指导下开始学习日文，许多信丰子恺都有意用日文书写。天津大学毕业后，丰新枚考入上海科技大学继续深造，出于对语言的悟性和热爱，他又陆续自学英、日、俄、德、法文，踌躇满志，准备毕业报效祖国。但待到毕业时正逢"运动"，受父亲牵连，他被分配到石家庄一家药厂当工人。

最爱的幼子如此有才，却无从发挥，丰子恺总觉得心中有愧，但又无可奈何。在那个疯狂的年代，年逾七旬的丰子恺不是被批斗，就是关"牛棚"，还时不时下厂下乡劳动，而回到家的乐趣就是吃酒吟诗、与儿子通信做互换诗词的文字游戏。丰先生作有藏头诗如下：

恩哥拿一根
红绒线来，说：
「阿抱！做個帽子
給先拉家的
外甥戴．」

卅一年古元旦

看見两隻
白羊，
恩狗說：
「两隻黑狗、」
大家笑起来，
恩狗哭起来．

1942 年，丰子恺画给幼子丰新
枚（小名恩哥）的画。

新丰老翁八十八，

儿童相见不相识，

爱闲能有几人来，

古来征战几人回，

诗家清兴在新春，

能以精诚致魂魄，

记拔玉钗灯影畔，

几人相忆在江楼，

千家山郭尽朝晖，

首阳山上访夷齐。

　　除大量的古诗词外，他们还作些蕉叶诗、双声句……丰子恺常常将喜欢的诗词写在宣纸上寄给儿子欣赏，说说古人作诗作对联的趣闻，发表自己的评论或感想，还摘录许多佳句，有时也寄些自己写的诗，随记随寄。父子通信成了丰子恺晚年的乐事和慰藉。

　　自从儿子去了石家庄，丰子恺最大的心愿就是早日"解放"——即"审查完毕，回到群众队伍"——然后携老妻离开上海，到石家庄和最怜爱的儿子一同生活。他在 1968 年年中到 1972 年岁末给新枚的书信中，盼望"解放"或自己推测即将"解放"的文字，一共有五十一处之多！现摘录片言如下：

索性我与母大家做了石人（按：石家庄人），也很好。但这是愿望而已，不知能成事实否。（1968）

我们请罪已改为请示，鞠躬取消，身戴像章，劳动废止。只欠缺"解放"二字。（1969）

秋天到石家庄，早成泡影，明春是否能实现，也是问题。（1969）

公事拖延，是意中事。人们都用种种宽大处理的话安慰我，我姑妄听之，不存幻想。是以心君安泰，指望秋日痊愈，到石家庄看你。（1970）

今秋我一定到石家庄，我对上海已发生恶感，颇想另营菟裘，也许在石家庄养老。（1971）

我已等了多年，再等也不在乎。病人本来叫做 patient（按：英语中"病人"在作形容词用时意为"忍耐的"），是最会忍耐的。反正不会拖得很久了。（1971）

我的官司至今没有打完，无颜写信给你们。目今万事拖延，我也不在乎了。……我盼望官司打完，到杭州去，到石家庄去。现在好像有一根无形的绳子缚住我，不得自由走动。（1972）

抗战八年，"文革"差不多有七年，我真经得起考验。（1972）

1969 年丰子恺曾写给新枚一首嵌字诗，表达与儿子团聚的迫切之情。利用诗词写暗语，成了父子间既有趣而又苦涩的一件事：

看花携酒去

携来朱门家

动即到君家

几日喜春晴

冷落清秋节

可汗大点兵

莫得同车归

死者长已矣

玄鸟殊安适

客行虽云乐

越是盼望"解放"越是遥遥无期，最后得以"解放"已经是 1972 年年底，得到的是一个不三不四难以自圆其说的结论，不戴反动学术权威帽子，但并未恢复原薪，实在令人啼笑皆非。

所谓的"解放"后，丰子恺仍未去石家庄和儿子团圆。因为，"余年无多"！丰子恺毅然决然地在 1973 年筹划起《护生画集》第六集的画材，冒着极大的政治风险积极选材构思，孜孜不倦地作画，用心血和生命兑现了对弘一法师"世寿所许，定当遵嘱"的承诺。到 1975 年丰子恺健康情况越来越差，石家庄之行就此成为泡影，但父子鸿雁从未中断。直到那年的 7 月 29 日，丰子恺写下一生中最后一封信："新枚：与宝姐信我已看过。你送妻子入京，端居多暇，作嵌字诗，亦是一乐……"

[杨朝婴]

新枚：与宝姊信均已看过，你送
妻子入京，满多暇，作此数字诗，亦是
一乐。晤人对你评判甚好，浑为喜欢。
不班别人，尤其厚道，存心无伤也。
我一向老健，读信写字消遣，今冬
写三派什等与你，照火可也。此间未安
多闲谈笑乐，嬉子慰情，母来健康，
姊仍多作，嫂志若此日赴北京省亲须
二十好日逗来。我日饮黄酒二斤，吸烟一包，
可谓书酒尚堪，虽饮去，未须料理白头
人也。
　　乙卯三秋前日　恺

1975 年 7 月 29 日，丰子恺写给小儿子
丰新枚的信。这是他一生中的最后一封信。

父子飞鸿诗接龙

    丰子恺有一位弟子，姓潘名文彦，早在小学时代他就非常喜欢丰子恺的漫画和散文，到 1957 年大学三年级时，他前往丰子恺的居所日月楼拜访，逐渐与丰家建立起亲密的关系，成为丰氏弟子。丰子恺让潘文彦学习古诗词赋文。尽管读书时专业课程非常紧张，潘文彦还是坚持读坚持背。此后，潘文彦成了丰家的常客，而与丰先生聊得最多的就是古诗词。

    潘文彦曾写文章记述有一次他来日月楼，与丰子恺父子一起三人对诗的经历：

    那是梅雨时节，我应约去日月楼，新枚招待我品尝白兰地兑甜白葡萄酒，一股醇香可口之气，扑鼻而来，令人陶醉，洋酒的美味，为我从未尝到过。兴之所至，随口说了一句："三星白兰地，五月黄梅天。"新枚马上说："好一个白兰地对黄梅天，来来，我们和爸爸一起，三个人接龙，输了罚酒。"他把我拉到丰先生的小阳台——日月楼，并向我说明：三个人轮着，一人说一句，或者五言，或者七言，第一人说的句子的末一个字，就是第二人接句的第一个字，如此往下，谁接不上，就罚酒。

    丰先生还是和平时一样，笑笑，捻了一下胡须，用石门湾的土白吟出一句"万紫千红总是春"，我知道这是丰先生照顾，因为春字起头的诗句非常多。新枚示意我接续，我迟疑了一下，应道："春宵一刻值千金。"新枚几乎不假思索，脱口而出："金樽美酒斗十千。"丰先生端起酒杯，微呷一口，在嘴里过一阵，像人们漱口一般，随后慢慢吟出："千金散尽还复来。"我有些紧张，急急忙忙应对："来时万缕弄青黄。"

"文彦，这不是唐诗吧。"丰先生说。我感到窘迫，又不敢说，规则只说古诗，没限唐诗。于是就把石懋的原诗背了："来时万缕弄青黄，去时飞球满路旁。我比杨花更飘荡，杨花只是一春忙。"

丰先生说，这是宋诗。我心里暗想"真够厉害的"！新枚就说："也可以，我们今天本来没有说好限在唐诗。"他接着说："黄鹤不知何处去。"丰先生还是老样子，平和地吟道："去年今日此门中。"我更紧张了，中字起头的诗句，也会一时找不到，有点搜索枯肠的窘迫，逼了有两分钟，忽然想到岑参《白雪歌送武判官归京》，有句"中军置酒饮归客"。新枚轻轻松松地唱出"客舍青青柳色新"。丰老师还是微呷一口，唱道："新鬼烦冤旧鬼哭。"我一听到杜甫的《兵车行》，这下救了我啦，即刻回答："哭声直上干云霄。"

如此四轮下来，虽然我没有被罚酒，但心里紧张程度，梅雨天几乎冒汗，再也不能忍受了。这时，正好来了救命王菩萨，师母进来，手里拿着小碟子，盛有几片火腿，说："文彦，吃酒要用点菜，几片火肉，尝尝。"于是我急忙自斟了杯，一饮而尽。连连欠身："认输，认输。愿意受罚。"

饮酒吟诗，在丰先生的生活中，算得上是最美好的时光。而在诗词吟诵中把玩文字，丰子恺算得上得心应手。在轰轰烈烈的1968年，丰子

恺在受到批斗的同时，仍与远在石家庄的丰新枚作诗词接龙，聊以打发那无聊的日子。这次丰先生的诗词接龙特意规定：不可重复，且首尾相接，以"寥落古行宫"的第一个字"寥"开始，最后也是以"寥"结束：

寥落古行宫　　宫花寂寞红　　红豆生南国
国破山河在　　在山泉水清　　清泉石上流
流光不待人　　人闲桂花落　　落月满屋梁
梁上有双燕　　燕燕尔勿悲　　悲风过洞庭
庭中有奇树　　树下即门前　　前年过代北
北风吹白云　　云深不知处　　处处湘云合
合欢尚知时　　时时误拂弦　　弦上黄莺语
语罢暮天钟　　钟声云外飘　　飘飘何所似
似听万壑松　　松月夜窗虚　　虚名复何益
益见钓台高　　高台多悲风　　风雨送归舟
舟载人别离　　离人心上秋　　秋风吹不尽
尽日栏干头　　头上何所有　　有弟皆分散
散步咏凉天　　天意怜幽草　　草色洞庭南
南北别离情　　情人怨遥夜　　夜久语声绝
绝域阳关道　　道路阻且长　　长鬐知有恨
恨别鸟惊心　　心远地自偏　　偏惊物候新
新人不如故　　故国梦重归　　归来报明主
主称会面难　　难得有情郎　　郎骑竹马来
来者日以亲　　亲朋无一字　　字字苦参商

/ 234 /

昨夜無聲雨曉人下一潮晚來
藏不過庭之前花梢
莫作江上舟莫作江上月載
人別離月照人離別

向晚對銀缸含情坐海窗末
須憐妝寒多興影成雙
白日依山盡黃河入海流欲窮
千里目更上一層樓
紅豔幾枝軒春深道邊家枝之
看遍原頭花雪紅花

春眠不覺曉處處聞啼鳥夜
來風雨聲花落知多少
一夜瀟瀟雨為雷霜惜晚裝桃花
雲容澹澹呼揮捲簾看
春水滿四澤夏雲多奇峰秋月
揚明輝冬嶺秀孤松
開簾見新月即便下階拜細語
人不聞北風吹裙帶
林暗草驚風將軍夜引弓平
明尋白羽沒在石棱中

丰子恺手抄诗词佳句。丰子恺曾于
1962年暮春起，历时三载写成总长二十五
米的诗词手卷"文人珠玉"，辑录抄写诗词
二百零四首。

商略黄昏雨　雨后却斜阳　阳春二三月

月是故乡明　明月出天山　山中方七日

日日人空老　老至居人下　下山逢故夫

夫婿轻薄儿　儿女共沾襟

"襟……襟……"丰子恺在脑海里检索，这个以"襟"字开头的诗句还真难找。他写信给新枚说："我接不下去了，看你有何办法……使之首尾相接，只有用'龙宫俯寂寥'，才可与第一个'寥'字相接，但龙字不易接。"不多久，丰新枚就完成了接龙，他把"下山逢故夫"改为"下窥指高鸟"，接下来便完成了首尾相接：

下窥指高鸟　鸟道高原去　去也不教知

知是落谁家　家住水东西　西北是长安

安禅制毒龙　龙宫俯寂寥。

在 1968 年这种特殊时期，以前家里的诗词藏书都被抄家搜走，每一诗句都是靠着大脑的记忆，能完成这样的诗词接龙，实属不易。而在那些风风雨雨的年代，正是因为有了这样的诗情画意，才支撑着丰子恺先生在绘画、散文、书法、翻译等各方面取得如此巨大的成就。

[杨朝婴]

缘缘堂里的语文课

那是在 20 世纪的 30 年代的一天，丰子恺在家乡石门镇新落成的缘缘堂里给他的孩子们上语文课。

这是一堂非常特别的语文课，命题作文的题目是"麻将"。在那时候的石门镇上，老人们闲时常会搓搓麻将，孩子们平时看着，也多少知道一点，甚至有时三缺一也可以代大人玩上一把。但要详细地把麻将的"搓法"与游戏规则，用一篇说明文来加以说明，却不是一件简单的事：要写得明白易懂，又要简洁明了。一百零四张牌，有风有筒有束有萬还有花，要讲清楚不易。丰子恺的这个命题作文，让孩子们着实费了一番功夫，但文章写成以后，孩子们知道了怎样条理明晰地把一件事叙述好。

丰子恺自己年幼的时候，限于当时的条件，除了上学读书外，仅与小伙伴钓鱼、放纸鸢、爬树等。现在有了缘缘堂，他不但自己教孩子们功课，还把缘缘堂布置

丰子恺先生曾说过，缘缘堂是他用一支派克笔写出来的。上海陕西南路的日月楼，同样见证了丰子恺的各种创作。而从缘缘堂到日月楼，可以说代表了丰子恺的一生，既有大量优秀作品的创作，更有日常生活的点点滴滴。

星河天裏星河轉

林先十一岁之象（左）　读书PICNIC（右）

成一个寓教于乐的小天地。缘缘堂环境极佳，天井里种植四季花草，还有芭蕉樱桃，后院架起了秋千架，供孩子们玩乐。傍晚丰子恺在天井里讲故事给孩子们听，他所讲的故事，恰恰是他白天工作时刚刚遇到的：他因为欣赏斯蒂文森的文笔而翻译《自杀俱乐部》，白天钻研翻译，陶醉于斯蒂文森的天地，傍晚就把《自杀俱乐部》的内容用故事的形式讲给孩子们听。丰子恺曾这样描述这段经历：他在睡后梦见种种斯蒂文森风的 sentences（句子），clauses（从句），和 phrases（短语）；孩子们则在呓语中喊叫"王子"，"琪拉尔定"和"会长"，这些都是《自杀俱乐部》中人物的名字。

缘缘堂轩敞的客堂间是丰子恺教孩子们用石门话背诵吟唱古诗词的地方，每个孩子都必须背诵相当数量的古诗词，丰家的这一传统一直沿袭到第三代。此外就是读书了，缘缘堂有上万册的藏书，孩子们也有自己的小小图书室。这是二楼丰子恺卧室的后半间，是他亲自给孩子们准备的阅读空间：四只在杭州订做的绿色小书架，书架上放满了各类供孩子们阅读的读物。

闲暇时丰子恺还会和孩子们一起做纸工，用纸话筒隔墙对话；唱歌、排平剧，这些都是孩子们喜欢的。还有一种游戏也是孩子们喜欢玩的：掷骰子拼句子——把三粒分别代表主谓宾的骰子随意组合，效果奇特，孩子们兴趣盎然。每颗骰子都用白纸糊住六面，在上面写字。第一只骰子代表主语，上写"爸爸、妈妈、哥哥、姐姐、弟弟、妹妹"；第二只骰子代表宾语，上写"在床里、在厕所里、在街上、在船里、在学校里、在火车里"；第三只骰子上写"吃饭、唱歌、跳绳、大便、睡觉、踢球"之类的谓语。掷出来的，是"爸爸在床上睡觉""哥哥在学校里踢球""姐姐在船里唱歌""哥哥在厕所里大便""弟弟在学校里跳绳",便是对得好的。如果是"爸爸在床里大便""妈妈在火车里跳绳""姐姐在厕所里踢球",会引起哄堂大笑,还要受罚,比如打手心之类。这些主语、谓语和宾语还可以替换,玩厌了就另想一套新的。这种玩耍比打扑克牌另有一番风味。

　　丰子恺一生著作甚丰,计有漫画近五千幅,文学创作三百多万字,英、日、俄译著五百多万字,更有书法作品不计其数。丰子恺如此高产,却总是不遗余力地挤出时间关心、教育、培养着孩子们,陪孩子们玩是他最大的乐趣,在他的心目中,儿童拥有与神明、星辰、艺术同等的地位。

［杨朝婴］

天下谁人不识丰

丰子恺在上海陕西南路长乐村的日月楼居住时，每天邮递员都要送一大叠信件来。邮递员说："丰先生家的信件总是最多的。"当然寄出的信件也相当多。为了方便，丰先生特地印制了写有"上海市陕西南路 39 弄 93 号丰缄"的信封。不过，印制这样的信封也不是第一次。丰子恺即使到一个临时的居住地，只要在这里居住的时间较长，他就要印制写有住所地址的信封，因为丰子恺的通信实在太多了。

记得 60 年代的一个晚上，丰家第三代好多人都在外公家过周末。上午，丰先生在楼上工作，孩子们是决不会去打扰他的。下午午睡后丰子恺常常还要继续工作一段时间；只有晚饭后，他不马上上楼，会和大家说笑，甚至一起玩。那天晚上，不知是谁开了口："外公，给我们讲个故事吧？"没有想到外公爽快地答应了，他说：

我给你们讲一个今天下午发生的故事吧。

今天下午，我到邮局去汇款，填写好汇款单后，我递给邮局里面的工作人员。那个人工作很专心，头也没抬，接了单子看着。忽然，他对我说："先生，你漏掉了汇款人的名字。"

我忙说："啊，忘了，你给我吧，我补写。"

工作人员说："不用了，我帮你写上。请问您尊姓？"

"我姓丰。"

"什么 feng 啊？"

"那个……就是咸丰皇帝的丰。"

"咸 feng 皇帝的 feng 怎么写啊？"

"或者说，是兆丰公园的丰。"（当时的兆丰公园就是现在的中山公园）

"兆 feng 公园？"他还是没有想出来。

"啊，那也就是五谷丰登的丰。"

"五谷 feng 登……"忽然，他恍然大悟，"哦！知道了，就是丰子恺的丰！"

外公的故事讲到这里，后面也不用讲了，孙辈们全体哈哈大笑。现在想想，一个普通的邮政局职工，可以不知道咸丰皇帝，也可以不知道兆丰公园，却非常熟悉丰子恺的名字！

丰家的后人，也有与邮政相关的有趣故事。因为丰家衣着朴素，往往不被人看作知识分子。大女儿丰陈宝去寄信，邮局的人问，侬识字伐，丰陈宝一点脾气没有，说认识的，竟然还赢得"老太字倒写得蛮好"的称赞。家中人得知后开玩笑地说："你怎么不问他们，要英文、日文还是法文。"丰陈宝是上海译文出版社编审，参加过上海市外文档案清理，还参加过《法汉大词典》的编写。

丰子恺与邮政的关系还有几件有意义的事：1945年元旦，邮政总局在重庆发行了一枚无面值军邮邮票。这枚邮票在当时按"军邮优待"办法出售，专供抗战官兵交寄家书。邮票采用凸版印制，颜色为洋红。邮票图案中所画的内容是：一个邮务人员在前线战壕内向三个正在作战的士兵分送邮件。沙包垒成的战壕旁铁丝网密布，空中还有两架军机掠过，这一抗日战场的画面，笔触简洁而生动。由于在《民国邮票目录》上并没有明确记载这枚邮票图案的原作者或设计者的名字，所以军邮漫画的作者到底是丰子恺还是另有其人，成为学界争论的一个话题。但画风与丰子恺漫画的风格极为相似，却是不争的事实，而且这段时期，丰子恺确实是在大后方的重庆。《上海集邮》也在 1996 年第三期上刊文："此图的原画作者，经台湾省晏星先生多方考证，已确认是丰子恺。"

2018 年 5 月中国邮政在常州全国邮展上发行《当代美术作品（二）》邮票一套，其中收入了丰子恺的《仰之弥高》，还有李苦禅的《双鹰远瞻图》、关山月的《秋溪放筏》三幅作品。"仰之弥高"出自《论语·子罕第九》，原文为："颜渊喟然叹曰：仰之弥高，钻之弥坚，瞻之在前，忽焉在后。夫子循循然善诱人，博我以文，约我以礼，欲罢不能，既竭吾才。如有所立卓尔。虽欲从之，末由也已。"

丰子恺以"仰之弥高"为题创作过几幅漫画，这次选中的是 1963 年画的《仰之弥高——雪窦山千丈岩》。那年 3 月，丰子恺从上海到宁波、舟山、普陀采风，曾在溪口雪窦山千丈岩瀑布前写生，那时的瀑布口还没有栏杆，游人可直接仰视西侧褐红色的飞雪岩。每当雨水丰盛时节，瀑布飞流直下，声如雷吼，翻飞似雪，彩虹若隐若现，难怪唐宋八大家之一的曾巩发出赞叹：

玉虬垂处雪花翻，四季雷声云月寒；

凭槛未穷千丈势，请从岩下举头看。

次月，丰子恺完成了这幅《仰之弥高》。这幅画面面恢宏，"仰之弥高"也许正代表了广大读者的心意：丰子恺，是我们心目中的丰碑，越走近他，抬头瞻仰，越觉得他的高大和自己的渺小，只有好好研究他的艺术，学习他的人品，才能表达对他的敬意和追思。

[宋雪君]

1945 年，邮政总局在重庆发行的军邮，
经考证原画作者为丰子恺。

丰家的"热门书"

丰子恺一家，与书脱不了干系。在上海陕西南路 39 弄 93 号的丰子恺旧居日月楼里，有一本丰子恺自己编写、自己手书、自己装订、自己"出版"的《小故事》，线装，印数为一册，内容大多出自《说苑》《二十四史》《虞初新志》等历史典故。丰子恺平时阅读古文，就把一些好玩的有意义的文言文翻译成白话文，再抄写在家里特制的"缘缘堂制笺"上。这些故事每篇仅一两页，短小精悍，幽默诙谐，且通俗易懂，所以大受欢迎，借阅的频率相当高，可说是丰家的"热门书"。比如有一篇叫《似我》的文字这样写道："无锡的县官在天下第二泉上安了一只匾，上写'似我'两字，意思是他这官同这泉水一样清。过了几天，他去看，那匾额不见了。东找西找，后来找到了，原来被人拿去安在茅厕上了。(《皇华纪闻》)"

在史无前例的年代，这本《小故事》正好阴差阳错，才逃过了一劫。像这样的书，丰先生一共写了三本——《小故事》《谑诗》和《谐诗》。当时丰子恺的二女儿丰宛音正好刚借走这三本书，丰家便遭到红卫兵的抄家，而这几本"书"也就这样离奇地保存了下来。

同样保留下来的还有 20 世纪 30 年代日本漫画家北泽乐天的《乐天全集》。这套书特别受孩子们欢迎：那迷幻的粗布彩色封面，妙趣横生的漫画，以及气泡对话框和富有哲理性的小故事，正反映了当时日本的社会

"富与美，天不肯把二物送给一个人。（富者不美，美者不富。）"20世纪30年代日本漫画家北泽乐天的《乐天全集》中的漫画。页边汉字为丰子恺用钢笔写的译文批注。

生活。这套书里的日文都由丰子恺抽空翻译成中文，端端正正写在书边空白处。全套书大概有十本，孩子们都会拿来阅读，爱不释手。

比如书中有个小故事，说的是女仆买菜回来，路上看见一家珠宝商店，她放下菜篮趴在橱窗上看了好久，想象自己有一天戴上了宝石首饰，坐上了汽车……可就在这时，她篮中的牛肉被狗给偷吃了。漫画是用一根线条画成的一笔画，而题目更是一语双关："一线希望"。

还有一个小故事，直到现在还很现实。穷人胎诺穿着一身新，和爱说谎话的霍拉闲聊，胎诺说"要有职业，先要有服装"，霍拉嘻皮笑脸地反驳："要有服装，先要有职业。"那到底是先有鸡还是先有蛋？让读者自己去想了。

"物欲和兽欲的结婚"描写了长相丑陋的有钱人和美女各有所图，两位少妇的耳语"千万不要对别人说是我讲的！"可以说是一种普遍现象，漫画家北泽乐天从独特的角度演绎了种种社会现象，非常接地气，因此大受欢迎。

《乐天全集》中的人物，如说谎专家霍拉、无产者胎诺、财主海诺、方下巴拿喜老、万年老夫人、高利贷欲苦诺、拒婚同盟会干事濑高娘等人物的名字，当时阅读的孩子们到现在还记得，很多漫画故事也都记忆犹新。

这套北泽乐天的《乐天全集》中的第七和第九卷，当时分别被丰子恺的大女儿丰陈宝与二女儿丰宛音借阅，所以和《小故事》等线装本一样，得以幸免于难。

[宋雪君]

耳语："千万不要对人说是我讲的！"《乐天全集》中的漫画。

日月楼中日月长

中华人民共和国成立后，丰子恺回到上海，曾经在多处临时居住。先在西宝兴路汉兴里 46 号张心逸先生家；不久又搬到同一里弄近弄底处的一幢房子；后来为了躲避国民党飞机轰炸，又搬进了南昌路 43 弄 76 号临园村，住在二楼。

经历了长期颠簸流离的生活，现在解放了，国家日益繁荣富强，自己的生活也安定了，丰子恺非常想要有一处环境较好、又是固定居住的房子。但是当时顶房费还没准备好，只能把亲友的钱凑起来，再"借内债"购房。

有人介绍陕西南路长乐村内有一幢房子，就在进弄第三家，门牌 93 号。附近还有米店、药房、花店、小吃店，淮海路口还有大的食品商店、水果店、专卖收音机的商店和银行，大家参观后觉得方便极了，好像到了外国似的，简直是奢侈了。

1954 年 9 月 1 日，全家搬进了一生从未住过的西班牙式小洋房。但丰子恺却因病住院，晚了几天才享受到这份喜悦。能起床走动时，他搬到新房的二楼，看到那梯形阳台不仅有南窗，还有斜斜的东南窗和西南窗，上面还有天窗，白天阳光充足，晚上皓月当空，他非常高兴。"好一座日月楼！"丰子恺不禁脱口而出，"日月楼中日月长！"

1963年，丰子恺在日月楼。

丰先生觉得这是一副对联的下联。虽经苦苦思索，没有想出合适的上联。他把这事告诉了马一浮先生。马一浮先生为他撰了"星河界里星河转"。丰子恺自己写了"日月楼"横批，和这对联一起裱了，挂在阳台上。从那时开始，丰子恺在日月楼度过了二十一个春秋。特别是前十二年，生活是非常幸福快乐的。

1962年1月18日，丰子恺以四百五十元买到了第一台电视机。那时的电视机是黑白的、电子管的，很庞大。而且不像现在这样买来就可以看，必须经过反复调试。尽管这样，一旦放电视了，在底楼的厅里总是坐满了亲属和邻居。大家异常兴奋，虽然那时只有几个电视台，还不是从早到晚播放，可已经够满意了。在观众席的正中间前排放一只沙发，这是丰子恺的专座，他每晚都在这里度过欢乐的时刻。这台笨重的电视机一直用到"文革"时被造反派抄走。

住楼房有住楼房的不方便之处。楼下有什么事，必须跑上跑下。一天要吃三顿饭，还得上楼去通知。有一回，兰州客送来一只精美的摇铃，于是就用这铃来报告吃饭的消息。

"叮铃铃铃！"

"噢，吃饭了！我们下去吧。"

丰子恺和女儿丰一吟便放下手头的工作，下楼吃饭了。丰子恺说："我们成了'钟鸣鼎食之家'了！"

在日月楼，曾举办过三次做寿的庆典：1955年丰子恺的夫人徐力民六十大寿；1957年丰子恺本人六十大寿；1965年徐力民的亲妹妹徐警民六十大寿。每次做寿都很热闹，家属和亲友都来欢聚一堂，每次都会拍张全家福。

1957 年，丰子恺六十大寿全家福，
家人亲友三十九人合影。

丰子恺有三个子女的家庭也在上海，另外还有不少其他亲戚。当时大家的居住条件都比较差，对第三代的儿童来讲，日月楼简直就是人间天堂了。除了房屋宽敞，还因为外公对于孩子们的钟爱。丰子恺对子女以及第三代孩子们的关怀，精神上的远多于物质上的。他在《我的漫画》一文里就曾这样说过："我作漫画由被动的创作而进于自动的创作，最初是描写家里的儿童生活相。我向来憧憬于儿童生活。尤其是那时，我初尝世味，看见了当时社会里的虚伪骄矜之状，觉得成人大都已失本性，只有儿童天真烂漫，人格完整，这才是真正的'人'。于是变成了儿童崇拜者，在随笔中、漫画中，处处赞扬儿童。"正是出于这份"崇拜"，儿童们在日月楼的底楼再怎么"疯"，也从来不会遭到呵斥。孩子们除了可以在日月楼读到许多有趣的好书，其他玩的花样就更多了——他们唱外公改编的歌曲，或用家乡石门话吟唱背诵古诗词，还有一只猫咪陪小朋友们玩。二楼还有为孩子们专设的小书架，各种书籍一直在更新。

假日里，日月楼总是十分热闹。第三代几个小学生初中生，几乎每个星期天都去日月楼；每年放寒暑假的时候，也大多住在那里。大家以最快的速度做完作业，此后便是完全彻底地玩。

日月楼里那张大餐桌，拉开来几乎和学校里的乒乓球台一样大，大家就把它当做乒乓球台；日月楼的木楼梯，蜡打得铮亮，大家就把它当滑梯，一个个排队自上而下……

但是孩子们一般很少到楼上去，因为那里是外公工作的地方，丰子恺每日早起，或写字或作画或撰文或译稿，从来不得空闲。丰子恺的妻子徐力民则经常在一楼过道的一张大桌子上收拾那怎么也收拾不完的丝绵被、丝绵袄。下午午睡后，丰子恺四点多就下楼开始喝花雕酒。菜不

春节小景(左)　无条件劳动(右)

多，三四小碟，也就花生米笋干之类，边上是一把紫铜暖酒壶相伴。有时小儿子丰新枚在家，便陪伴着在一边的钢琴上弹几首老歌，丰子恺微笑着倾听，时不时捋捋他的胡须，一幅其乐融融的景象。

丰子恺很重视对儿童的教育。有一次，大家唱李叔同先生的《送别》，唱到"天之涯，地之角，知交半零落"时，他在一旁微微叹息。歌唱完后，他觉得教孩子唱"知交半零落"不太好，于是把歌词改一下，改成适宜孩子唱的：

星期天，天气晴，大家去游春。

过了一村又一村，到处好风景。

桃花红，杨柳青，菜花似黄金。

唱歌声里拍手声，一阵又一阵。

春节除夕就像是丰家的"春晚"，上海的亲属们都带着孩子来到日月楼，一起乐到夜半才回去，有的干脆留下来住宿。晚上，家里的电灯全部开亮。除夕的活动内容可多了！吃了年夜饭之后，还安排种种节目。最初是唱歌。大家把要唱的歌抄在大纸上挂起来，唱李叔同配词、丰子恺修改的《送别》，唱大家都会唱的30年代歌曲如《毕业歌》之类，也唱革命歌曲。歌一唱完，接着就做各种游戏，如击鼓传花之类。游戏中自然夹着受惩罚者的表演，此外还有猜谜等等。还有一个最激动人心的是互送"除夜福物"。按规定，每人秘密购置一份礼物（不得低于规定的金额），用报纸仔细包好，编上号码，再做好写着编号的纸片，供大家抽取。小孩都想抽到外公的"除夜福物"，因为每年外公购置的都是最好最

星河景裹星河转

特别的。记得有一年，外公包装了一包特大的礼物，大家隔着报纸摸，却怎么也猜不出是什么。最后亮相，竟然是一把扫帚，大家一个个都笑弯了腰。

除夕夜最后的压轴戏必然是放烟花爆竹了。开场是放高升，接下来是放小鞭炮和各种烟火，在大门口放，必然引来众人围观。当时也不像现在这样动辄就是两千响四千响，很奢侈地一次性放光，而是先把一串串的小鞭炮拆开，盛放在一个大竹匾里，孩子们再抓在手里单个放。在爆竹不断的噼啪声中，点缀着烟火的美丽闪烁，着实能热闹上好一会儿。孩子们就是在这烟花和爆竹声声中一岁岁长大。

这种幸福快乐的生活，一直持续到1966年上半年。

[宋雪君]

清平乐·儿童节

　　良朋咸集，欢度儿童节。天气清和人快活，个个兴高采烈。唱歌拍手声中，饼干糖果香浓。邀请公公列席，祝他返老还童。

云蔽日月暗楼台

"日月楼"中的日月并不长。1966年下半年，丰子恺作为文艺界十大重点批判对象之一，受到了严重的批斗和摧残。同时，长乐村93号的房子也被部分强占，楼下的客厅、饭厅、一二楼之间的亭子间都被迫让出，后来某造反派头头为谈恋爱方便，更是霸占了二楼的后房。幸亏房管所有些较讲理的人，不知是出于同情还是其他原因，最终让丰家保留了二楼与三楼。

那时候，丰家的第三代，那些原来经常来外婆家的孩子，大多被分配到全国各地插队落户。家属不能来，许多朋友不敢来，日月楼一下子变得冷清起来。当年那种繁华、热闹的情景一去不复返。丰子恺于1970年6月28日写给幼子丰新枚的信里所附的一首《浣溪沙》，描述了这种情景：

> 春去秋来岁月忙，白云苍狗总难忘。追思往事惜流光。楼下群儿开电视，楼头亲友打麻将。当时只道是寻常。

"当时只道是寻常"这句话，带给家人的是甜酸苦辣种种滋味。1966年6月以前，丰家一片祥和之气，谁会想到大祸即将临头？！可是这种日月楼二楼的半个阳台，丰子恺晚年的创作、生活之地。

热闹的日子，当时只道是寻常。一场浩劫开始后，人人自畏，不敢串门。家中冷冷清清，这才体会到当时没有珍惜"寻常"之可贵。

事后知道，1966 年 6 月 22 日，上头派工作组进驻了画院，指定要把丰子恺作为"反动学术权威"来批斗。有一天，丰子恺从画院回到家里，神情黯然。一杯酒下肚，就把白天遇到的事一五一十说了出来。他对家里人说："他们逼我承认反党反社会主义，说如果不承认，就要开大规模的群众大会来批斗我……我实在是拥护共产党，热爱新中国的啊！可是他们不让我爱，他们不许我爱……"丰子恺吞下了一杯苦酒，老泪纵横……

在那个年月，丰子恺这样的所谓"反动学术权威"，被抄家是难免的。第一次，是丰子恺的单位画院来抄家。这次抄去的还真不少，有金银首饰，有真迹漫画，还有不少书籍，开明书店的股票等等。他们走后，丰子恺发现有几本古诗词竟漏抄了，就将部分交给住在其他地方的亲属，免得再来抄去。

在那个疯狂动荡时期，丰子恺薪资锐减，根本无法维持家庭生活。这时子女、亲戚朋友通过各种途径悄悄地补贴或暂借一些钱款给丰家以渡过难关。远在新加坡的广洽师也想法帮助丰家，这真如久旱的禾苗遇甘霖。

夫人徐力民一生跟着丰子恺颠沛流离，直至 1949 年后才在上海定居，过上安定的生活。但在那个疯狂的年代里，她每天提心吊胆跟着担惊受怕。当时里弄也监督丰子恺，要他每天在弄堂扫地，年长丰子恺两岁的徐力民已经七十多岁，毅然躲过里弄干部的监督，拿起扫帚代替了丈夫。当丰子恺关在美校"牛棚"时，徐力民会借口"送药酒"，让没酒喝度日如年的丰子恺得到一点短暂的放松。当时家庭收入锐减，只有最低生活费，徐力民总是在有限的支出里留出黄酒钱和烟钱——哪怕最廉价的黄酒，最低档的香烟，她要给身心备受伤害的丈夫最后一丝慰藉。

当时存款冻结，家里钱实在不够用，徐力民曾去银行试取存款，结果当然取款不成功。丰子恺的学生毕克官曾看到一份油印的张春桥讲话稿，这个坏家伙除了破口大骂丰子恺外，连徐力民也骂到了，说这是"阶级斗争新动向"。

好不容易捱到1969年，那时，有一部分人被"解放"了。一位朋友后来透露，有人想落实丰子恺的政策，意思就是想"解放"他，张春桥恶毒地批复道："巴（巴金）、丰（子恺）、周（周信芳）三人不杀他们就算落实政策了。"

1970年2月2日早晨，丰子恺起床后，忽然跌倒在床前。他后来在给儿子新枚的信里说：

> 二月二日早晨，我全身抽筋，是神经痛发作。后来居然验出严重的肺病来。……但是这使我摆脱了奔走上班之劳。假定不病，即使解放了，到现在还要奔走（贺天健是其例）。到七月十六止，我已病半年，"半年即为常病假"，永不再上班了。近日，猜想画院的人也下乡"三夏"了，我倘不病，也要参加。

但是，他开了病假却不吃药，为的是不再下乡，他与杜甫的"新丰折臂翁"相比，说自己是老丰，也做同样的事。丰子恺不知道，其实，恶魔肺癌已经在向他逼近。他自己做过诗来形容当时的情景：

1975 年，丰子恺最后一次回故乡。

病中口占

风风雨雨忆前程，七十年来剩此生。

满眼儿孙皆俊秀，未须寂寞养残生。

在那么残酷的时期，有些人消沉了，有些人"觉悟"了，有些人无法忍受而自杀了。但是丰子恺面对无穷无尽的摧残和病魔的折磨却并不退缩，因为，他是个积极入世的佛教徒，他热爱生活，珍惜生命，他说过："一个人能来到这个世界上是极其偶然的，所以要万分珍惜！"还告诫他的学生："我们都不能有死的念头。死了，就看不到坏人的下场了。"这期间，他以无比坚强的毅力，完成了常人无法想像的四件大事。

第一件事是翻译。1970 年下半年，他在精神较好的清晨开始工作，翻译了他喜爱的日本早期小说《竹取物语》和《落洼物语》，1972 年又译了《伊势物语》，把日本三个著名的物语都译了出来。

第二件事是画了四套漫画。1971 年，他用心良苦，重新提起画笔，从以前画过的题材中选取七十余幅，画了四套，取名《敝帚自珍》，分给他所关爱的四个人：幼子新枚、长孙女南颖、弟子胡治均和外孙女小明。还写了一篇《敝帚自珍》序言：

予少壮时，喜为讽刺漫画，写目睹之现状，揭人间之丑相。

然亦作古诗新画，以今日之形相，写古诗之情景。今老矣！回思少作，深悔讽刺之徒增口业，而窃喜古诗之美妙天真，可以陶情适性，排遣世虑也。然旧作都已散失。因追忆画题，重新绘制，得七十余帧。虽甚草率，而笔力反胜于昔。因名之曰《敝帚自珍》，交爱我者藏之。今生画缘尽于此矣。辛亥新秋子恺识。

第三件事是完成散文《缘缘堂续笔》三十三篇。大劫难未能摧毁丰子恺的意志，他从屈辱中振作起来，以悲悯之心对待迷失人性的人们，写出了艺术上炉火纯青的《续笔》，使得他的文学创作不只停留在前半生，而是一颗完美的明珠。

第四件事就是完成《护生画集》第六集。"文化大革命"开始后，丰家楼下的房子被无理占据，全家人只能挤在楼上，丰子恺提出让他睡在阳台上，就睡一张无法伸直身体的小床。他需要一个小小的清静环境，更重要的一个原因是，他决心在这里悄悄完成《护生画集》第六集。每天清晨四五点钟，鸡未鸣即起床，孜孜不倦地作画，经过近一年的艰辛努力，护生第六集的书画，终于在1973年提前完成定稿了。越二年，丰子恺西逝，在安详舍报之前，以完成护生画六集的夙愿告慰弘一大师！

1975年，丰子恺的健康状况是每况愈下。8月29日的傍晚，他病重被送到大华医院看急诊。这是一个不眠之夜。病危之际，他要女儿扶他起来，断断续续地轻声地说："你知道吗？都是江青无法无天，……这班人哪……哼，看他们横行到几时！"还说："我真想看到这班人的下场，可是我这病……"

他平静下来后，忽然轻声地吟诵起陆游的诗《示儿》来：

死去元知万事空，但悲不见九州同。
王师北定中原日，家祭毋忘告乃翁。

浩荡离愁白日斜，吟鞭东指即天涯。
落红不是无情物，化作春泥更护花。
——丰子恺抄录龚自珍《己亥杂诗》

他似乎预料到自己不久就要失去讲话的能力，这几天晚上，话讲得特别多。

8月30日，终于转到市级的华山医院，9月初，去拍 X 光片检查肺部。片子洗出来，医生宣布丰子恺竟是肺癌！而且已属晚期。医生分析说：可能已转移到左脑，因此，使右臂不能动弹了。

丰子恺病情日渐恶化。他似乎心中有话不能表达，儿女便反复地问他，但他已经发不出声音了。小儿丰新枚想了想，找出一本练习本，递上一枝圆珠笔。丰子恺下意识地把笔握住，在本子上画下了一些不成方圆的图形，成为他留给世人的绝笔。

1975年9月15日中午12点08分，一代艺术家丰子恺在华山医院的观察室里安详地合上了双眼。他没有活到拨开乌云见青天的日子，就与世长辞了！

丰子恺的骨灰一度存放在上海烈士陵园，2006年清明时节，家人将骨灰盒从烈士陵园移送至浙江桐乡石门镇南圣浜的祖墓，丰子恺终于和妻子合葬在一起，魂归故里，天上相聚。

[马永飞]

一蟹失足　二蟹扶持
物知悲喜　人何不如

【护生画集】

丰子恺画 弘一法师书

谁道群生性命微 一般骨肉一般皮
劝君莫打枝头鸟 子在巢中望母归
——白居易诗

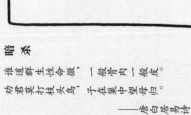

暗杀

谁道群生性命微，一般骨肉一般皮。
劝君莫打枝头鸟，子在巢中望母归。

——唐白居易诗

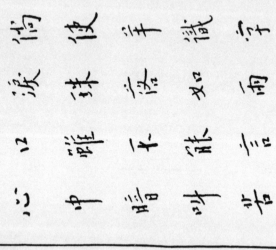

倘使羊识字

倘使羊识字，泪珠落如雨。
口虽不能言，心中暗叫苦。

遇救

汝欲延生听我语，凡事惺惺须求己。
如欲延生须放生，此是循环真道理。
他若死时你救他，汝若死时人救你。
——回遭人诗

勿谓善小　不乐为之
惠而不费　亦曰仁慈

惠而不费

勿谓善小，不乐为之。
惠而不费，亦曰仁慈。

中秋同乐会

朗月光华，照临万物。山川林木，清凉纯洁。
嬉动飞沉，团圆和悦。共浴灵辉，如登乐国。
　　　　　　——即仁补题

蝴蝶来仪

蝴蝶儿，约伴近窗飞。
只缘听读护生诗。欲去又迟迟。

——杜衡补题

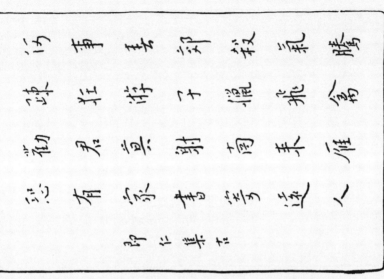

远书

何事春郊杀气腾，疏狂游子猎飞禽。
劝君莫射南来雁，恐有家书寄远人。
——即仁集古

被弃的小猫

有一小猫，被弃桥西。饥寒所迫，终日哀啼。
犹似小儿，战区流离。无家可归，彷徨路岐。
伊谁见怜，接手提携。

——杜衡补题

被弃的小猫

有一小猫，被弃桥西。饥寒所迫，终日哀啼。
犹似小儿，战区流离。无家可归，彷徨路岐。
伊谁见怜，接手提携。

——杜衡补题

且停且停，刀下留命。
牛幼心慈，可飲可敬。
　——東園補題

遇救

遇救

牛幼心慈，可飲可敬。
且停且停，刀下留命。
　——東園補題

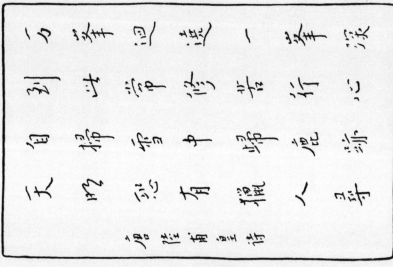

自招雪中歸鹿迹，天明恐有獵人尋

自萬峰回繞一峰深，到此常修苦行心。
自招雪中歸鹿迹，天明恐有獵人尋。
——唐陸希皇詩

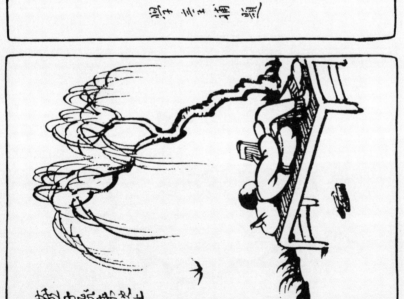

燕子飞来枕上

燕子飞来枕上，不复见人畏避。
只缘无嗔害心，到处春风和气。
——学童补题

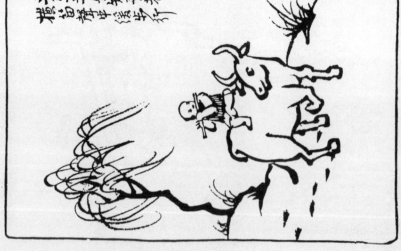

感心感物，有如韶武。

龙翔凤集，百兽率舞。

智顗补题

老牛亦是知音者　横笛声中缓步行

感心感物，有如韶武。

龙翔凤集，百兽率舞。

——智顗补题

独坐谁相伴
春禽枝上鸣
天籁真且美
似梵土迦陵
——杜衡补题

好鳥枝頭亦朋友

好鸟枝头亦朋友

独坐谁相伴，春禽枝上鸣。

天籁真且美，似梵土迦陵。

——杜衡补题

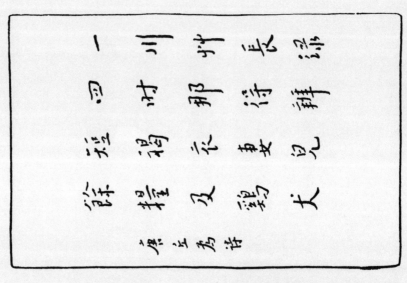

余粮及鸡犬

一川草长绿，四时那得耕。
短褐衣妻儿，余粮及鸡犬。
——唐丘为诗

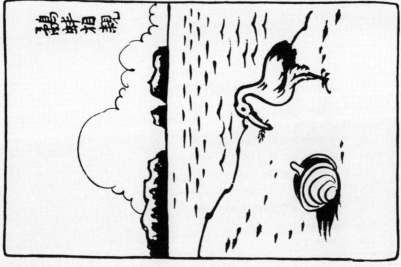

鹬蚌相亲

世间有渔翁，鹬蚌始相争。

若无杀生者，鹬蚌自相亲。

——即仁补题

图书在版编目（CIP）数据

星河界里星河转：丰子恺和他的朋友们 / 杨子耘，

马永飞，宋雪君主编 . -- 上海：上海文化出版社，

2019.8

ISBN 978-7-5535-1692-9

Ⅰ. ①星…　Ⅱ. ①杨…　②马…　③宋…　Ⅲ. ①丰子恺

（1898-1975）－生平事迹　Ⅳ. ① K825.72

中国版本图书馆 CIP 数据核字（2019）第 143052 号

出 版 人：姜逸青

责任编辑：赵光敏

装帧设计：介太书衣　叶珺　方明

书　　名：星河界里星河转：丰子恺和他的朋友们

影像授权：丰一吟

主　　编：杨子耘、马永飞、宋雪君

出　　版：上海世纪出版集团 上海文化出版社

地　　址：上海市绍兴路7号 200020

发　　行：上海文艺出版社发行中心

　　　　　上海市绍兴路50号 200020 www.ewen.co

印　　刷：浙江海虹彩色印务有限公司

开　　本：710×1000 1/16

印　　张：18.5

插　　页：1

印　　次：2019 年 8 月第一版　2019 年 8 月第一次印刷

书　　号：ISBN 978-7-5535-1692-9/I.662

定　　价：68.00 元

告读者　如发现本书有质量问题请与印刷厂质量科联系

T：0571-85099218